AF197821

Tucholsky   Wagner   Zola   Scott   Sydow
Turgenev   Wallace   Fonatne   Freud   Schlegel

Twain   Walther von der Vogelweide   Fouqué   Friedrich II. von Preußen
           Weber   Freiligrath   Frey
Fechner   Weiße Rose   von Fallersleben   Kant   Ernst   Frommel
       Fichte   Richthofen
                                              Hölderlin
      Engels   Fielding   Eichendorff   Tacitus   Dumas
Fehrs   Faber   Flaubert
Feuerbach Maximilian I. von Habsburg   Fock   Eliasberg   Zweig   Ebner Eschenbach
                       Ewald   Eliot   Vergil
      Goethe   Elisabeth von Österreich   London
Mendelssohn   Balzac   Shakespeare   Dostojewski   Ganghofer
       Trackl   Lichtenberg   Rathenau   Doyle   Gjellerup
           Stevenson   Hambruch
Mommsen   Tolstoi   Lenz   Droste-Hülshoff
       Thoma   Hanrieder
Dach   Verne   von Arnim   Hägele   Hauff   Humboldt
      Reuter   Hauptmann
Karrillon   Garschin   Rousseau   Hagen   Gautier
      Damaschke   Defoe   Hebbel   Baudelaire
                     Descartes
Wolfram von Eschenbach   Schopenhauer   Hegel   Kussmaul   Herder
   Bronner   Darwin   Dickens   Rilke   George
       Campe   Horváth   Melville   Grimm Jerome   Bebel   Proust
Bismarck   Vigny   Aristoteles   Voltaire Federer   Herodot
               Gengenbach   Barlach   Heine
Storm   Casanova   Tersteegen   Gilm   Grillparzer   Georgy
      Chamberlain   Lessing   Langbein   Gryphius
Brentano   Lafontaine
Strachwitz   Claudius   Schiller   Schilling Kralik Iffland Sokrates
       Katharina II. von Rußland   Bellamy
                             Gerstäcker   Raabe   Gibbon   Tschechow
Löns   Hesse   Hoffmann   Gogol   Wilde   Gleim   Vulpius
   Luther   Heym   Hofmannsthal   Klee Hölty Morgenstern
       Roth   Klopstock   Kleist   Goedicke
Luxemburg   Heyse   Puschkin   Homer   Mörike
      Machiavelli   La Roche   Horaz   Musil
Navarra Aurel   Musset   Kierkegaard   Kraft   Kraus
                  Lamprecht   Kind   Moltke
Nestroy Marie de France   Kirchhoff   Hugo
      Nietzsche   Nansen   Laotse   Ipsen   Liebknecht
           Marx   Ringelnatz
von Ossietzky   Lassalle   Gorki   Klett   Leibniz
       May   vom Stein   Lawrence   Irving
Petalozzi   Knigge
      Platon   Pückler   Michelangelo   Kafka
Sachs   Poe   Liebermann   Kock   Korolenko
   de Sade   Praetorius   Mistral   Zetkin

Der Verlag tradition aus Hamburg veröffentlicht in der Reihe **TREDITION CLASSICS** Werke aus mehr als zwei Jahrtausenden. Diese waren zu einem Großteil vergriffen oder nur noch antiquarisch erhältlich.

Symbolfigur für **TREDITION CLASSICS** ist Johannes Gutenberg (1400 — 1468), der Erfinder des Buchdrucks mit Metalllettern und der Druckerpresse.

Mit der Buchreihe **TREDITION CLASSICS** verfolgt tradition das Ziel, tausende Klassiker der Weltliteratur verschiedener Sprachen wieder als gedruckte Bücher aufzulegen – und das weltweit!

Die Buchreihe dient zur Bewahrung der Literatur und Förderung der Kultur. Sie trägt so dazu bei, dass viele tausend Werke nicht in Vergessenheit geraten.

Der Stadtpfeifer

Wilhelm Heinrich Riehl

Impressum

Autor: Wilhelm Heinrich Riehl
Umschlagkonzept: toepferschumann, Berlin

Verlag: tradition GmbH, Hamburg
ISBN: 978-3-8424-7061-3
Printed in Germany

Rechtlicher Hinweis:
Alle Werke sind nach unserem besten Wissen gemeinfrei und
unterliegen damit nicht mehr dem Urheberrecht.

Ziel der TREDITION CLASSICS ist es, tausende deutsch- und
fremdsprachige Klassiker wieder in Buchform verfügbar zu
machen. Die Werke wurden eingescannt und digitalisiert. Dadurch
können etwaige Fehler nicht komplett ausgeschlossen werden.
Unsere Kooperationspartner und wir von tredition versuchen, die
Werke bestmöglich zu bearbeiten. Sollten Sie trotzdem einen Fehler
finden, bitten wir diesen zu entschuldigen. Die Rechtschreibung der
Originalausgabe wurde unverändert übernommen. Daher können
sich hinsichtlich der Schreibweise Widersprüche zu der heutigen
Rechtschreibung ergeben.

Text der Originalausgabe

Wilhelm Heinrich Riehl

Der Stadtpfeifer

1.

Das war eine angstvolle Hochzeit! Als der Weilburger Stadtpfeifer Kullmann mit seiner Braut vor den Altar trat, dröhnten dumpfe Kanonenschläge aus der Ferne herüber. Die Gemeinde war ohnehin diesmal klein beisammen, und wie nun gar die unheimlichen Töne den Leuten durch Mark und Bein schütterten, schlich einer nach dem andern sacht davon, und da der Pfarrer aus der Sakristei schritt, stand nur noch das Brautpaar mit den nächsten Angehörigen, dem Küster und einigen Hochzeitsgästen, in dem Chor der Dorfkirche.

Der Siebenjährige Krieg hatte seine Verwüstung auch in die westlichen Gaue Deutschlands getragen; die Franzosen unter dem Herzoge von Broglio hielten das Lahntal und den Westerwald besetzt und suchten durch Niederhessen nach Hannover vorzudringen. Sie setzten eben dem Bergschloß Dillenburg heftig zu, und die wechselsweise Herausforderung und Antwort der Geschütze war es, was in den Wölbungen der Kirche des benachbarten Ebersbach dem Hochzeitszug so schaurig in die Ohren klang.

Den Stadtpfeifer überlief es kalt; er zitterte nicht, er war auch nicht mutlos, aber er hörte auch nicht die Worte des Pfarrers. So schneidend war es ihm noch nicht in die Seele eingegangen, welch große Verantwortung er auf sich nehme durch die Verheiratung in so ungewissen Tagen, als jetzt, wo die Kanonen ihm zum Altare läuteten. Die Braut an seiner Seite hatte nicht geweint; die roten Wangen des Bauernmädchens waren blaß geworden, aber sie stand fest und heftete den Blick voll Zuversicht unverwandt auf den Geistlichen.

»Ihr werdet's vielleicht Kindern und Enkeln noch erzählen«, sprach der Pfarrer, »daß der 14. Juli 1760, ein Tag der Angst, euer Hochzeitstag war. Da, werdet ihr sagen, war kein lustiger Tanz, kein fröhliches Schmausen, die Franzosen spielten zur Hochzeit auf im tiefsten Baß, und den Spielleuten selber brachte es wohl gar den Tod. Aber Heil euch, wenn ihr dann hinzufüget: In Sorgen begannen wir den Ehestand, darum ist es nachgehends so hell und fröhlich geworden in unserm Hause. Zuerst erkannten wir die schweren

Pflichten des eigenen Herdes, dann schmeckten wir dessen stille Süßigkeit. Stehet fest! Kummer und Trübsal sind groß, aber ein treues Weib macht uns eitel Freude daraus.«

Der Stadtpfeifer hatte aufgehorcht bei diesen Worten. Er war ernst von Aussehen und doch eine leicht gefugte Seele, bei der es gar flink von einer Tonart in die andere überging. Wer von der Musik leben muß, der wird das rasche Modulieren gewohnt. So verließ ihn auch bei dieser Ansprache plötzlich das qualvolle Zagen. Er blickte auf seine Christine, wie sie so mutig dastand, und eine helle Freude durchleuchtete sein Gemüt; und weil just die Kanonen doppelt stark brummten, war es ihm, als sei er ein Fürst, und als donnerten da draußen die Jubelsalven, weil der Priester Christinens Hand in die seine lege.

Als der Hochzeitszug die Kirche verließ, schwirrte und summte schon das ganze Dorf, wie ein gestörter Bienenstand. Ganz Ebersbach war vor Schreck toll geworden. Es waren Frohnhäuser Fuhrleute gekommen, die erzählten, heute noch müsse das Dillenburger Schloß fallen; morgen stünden die Franzosen in Ebersbach; denn auch General Chabot rückte jetzt von Siegen, und Graf Guerchy von Hachenburg gegen die Dill herab – da werde es Einquartierung geben, Erpressung, Plünderung –, wenn man so einen verfluchten Franzosen nicht die Perücke mit Goldstaub pudere, die Stiefel mit Mandelöl schmiere und das Gewissen mit Krontalern, dann schlage er das ganze Haus zusammen.

Auf diese Botschaft hin gingen die wenigen Hochzeitsgäste durch, ohne Abschied, als wären sie nicht bloß Nassau-Oranier, sondern wirkliche ganze Holländer gewesen. Und wenn sie sich nun auch gewaltsam zum Schmause niedergelassen hätten! Die Stühle würden mit ihnen davongelaufen sein, so wirbelte die Angst in den armen Teufeln.

Im Hause der Braut, einem stattlichen Bauernhause, stand ein langer Tisch gedeckt, der des Morgens, als die Gäste warmes Bier – die Brautsuppe – vor dem Kirchgange genossen hatten, noch dicht besetzt gewesen war. Jetzt fand sich niemand an der Tafel ein, als das Paar und der Vater der Braut, und wer sonst noch zur Verwandtschaft gehörte. Selbst der Pfarrer blieb zu Hause, und der Küster kam nur, um sich seinen Braten und Kuchen und sein Geldgeschenk heimzutragen, bevor sich die Franzosen an den gedeckten Tisch setzten.

Der alte Hans Schneider, der Vater der Braut, ließ sich nicht merken, wieviel Unheimliches ihm eine solche Hochzeit vorbedeutete. Er war der Mann, der allezeit das rechte Wort zu reden wußte. »Herr Sohn«, sagte er, »wir sind selb fünfe. So mager ist noch kein Hochzeitstisch in unserer ganzen Freundschaft besetzt gewesen. Aber lasse Er sich das ungegessene Traktament nicht allzu schwer im Magen liegen. Es ist besser, man geht im Regen aus und läuft in die Sonne hinein, als umgekehrt. Der Einstand in die Ehe soll euch beiden eine göttliche Prüfung sein. Auf Christine vertraue ich, und auf Ihn auch, Heinrich. Er ist wohlbestellter Stadtpfeifer zu Weilburg und bläst den Bürgern morgens, abends und zu Mittag ein geistlich Lied, daß sie wissen, was an der Zeit ist und an unsern Herrgott gedenken mögen; Er ist mein lieber Sohn, ich vertraue Ihm, aber, nichts für ungut – ich denk' und rede eben wie der alte Hans Schneider von Ebersbach –, Er ist doch immer ein Musikant. Wäre die Christine nicht so stark in der Wirtschaft, dann ging's wohl kurios mit Eurem Hauswesen. Seine Bekanntschaft mit meinem einzigen Kinde war mir anfangs ein Kummer, doch ich habe gesehen, daß Er ein stiller, braver Mann ist, und habe am Ende nicht ungern ja gesagt; aber – halt' Er sich tapfer, Herr Sohn! Es sind Kriegszeiten! Ich drück' Ihm die Hand als Sein Vater. Bleib Er ein Stadtpfeifer und werde Er – wie soll ich's nennen? – keiner von denen, die obenhinaus wollen, kein Geiger, kein Notenfresser oder wie man die vornehmen musikalischen Lumpen sonst heißt. Wer morgens, mittags und abends der Stadt den Choral bläst, der ist doch gleichsam ein Stück von einem Pfarrer, und wenn Ihr zum Tanze aufspielt, so ist das wenigstens eine Musik, davon man weiß, zu was sie nütze ist.«

Christine schob sich, etwas besorgt, zwischen die beiden und sprach: »Vater, wir wollen schon tüchtig zusammenhalten.«

»Weg mit dir!« rief der Alte, der nun erst recht aufgeräumt wurde. »Hier braucht's keine Mittelsperson. Mein Schwiegersohn weiß schon, wie's gemeint ist, wenn ich ihm sage, er solle auf die Stadtpfeiferei leben und sterben, so gleichsam als ein Bauer unter den Musikanten und unter dem ganzen Bürgervolk. Der Stadtpfeifer soll leben! hoch – auf seinem Turm, und die Frau Stadtpfeiferin mit ihm!«

Als der Alte die Gesundheit ausbrachte, hatte sich ein vierschrötiger Mann im blauen Kittel an die Türe postiert und schaute sich verwundert das Quintett unserer Hochzeitsgesellschaft an. Es war der von den Brautleuten längst erwartete Fuhrmann Philipp Ketter von Weilburg; sein Wagen war bereits unten im Hofe eingestellt, groß genug, um das Ehepaar samt Christinens Aussteuer aufzunehmen. Ein herzhafter Trunk Wein löste des Fuhrmanns Zunge, und er berichtete, daß man die Holzwege nach der Lahn hinüber wohl passieren könne, die Hauptstraße dagegen sei vom Kriegsvolk besetzt. Das war den jungen Eheleuten ein Trost, denn sie gedachten morgen schon nach Weilburg zu fahren. Aus dieser Stadt lautete die Botschaft freilich betrübter. Französische Husaren, ein übermütig Volk, waren seit zwei Tagen aus dem Niederlahngau eingerückt. »Sieben Generale«, sprach Philipp – und es war schon nicht erst zum siebenten Male, daß er sein Glas füllte – »kommen zur Einquartierung; denn die Franzosen, spricht der Perückenmacher, wollen Weilburg als einen Platz ansehen und gegen den Herzog von Braunschweig verteidigen; der Hofbäcker dagegen meint, so ein Esel wäre selbst der Franzos nicht, daß er eine Stadt halten wolle, deren Besatzung man von den gegenüberstehenden Felsen mit Steinen totwerfen könne.«

Die Zuhörer sahen sich bedenklich an; aber die Brautleute faßten sich bei der Hand und sprachen: »Wir gehen doch!« Dem Stadtpfeifer zwar wurde es insgeheim etwas schwül. »O weh!« rief er endlich und fuhr sich wild durch die schön gepuderten Haare, »jetzt sind mir alle Kirmessen im Juli vernagelt durch das Kriegsvolk!«

»Das hat keine Not«, beruhigte Philipp, sich selbst mit dem zwölften Glase beruhigend, »die Franzosen tanzen mit; sie sind artige Leute und gar nicht so schwarz, wie sie der Hofbäcker brennt, wenn er im Ritter beim siebenten Schoppen angekommen ist. Seht, vorgestern sind die Franzosen eingerückt. Am selben Tage hadert einer ihrer Husaren mit der alten Nickelin und massakriert sie; – am Abend wird dem Mörder der Prozeß gemacht, und gestern morgen ist er auf der Heide am Windhof füsiliert worden. Was sagt Ihr dazu, Stadtpfeifer? Ich sage, die Franzosen sind prompte Leute.«

»Ei, geht zum Teufel, Philipp! Prompter wär' es doch gewesen, wenn der Husar die Nickelin gar nicht massakriert hätte« – und schlich sich hinaus, damit die anderen seine Verwirrung nicht merkten. Prinz Camille hatte schwerlich geahnt, in welche Verlegenheit er den Weilburger Stadtpfeifer dadurch brächte, daß er seine Truppen lahnaufwärts ziehen ließ. Ja, der Stadtpfeifer war sehr leichtsinnig gewesen! In seiner Tasche trug er zwei große Geldstücke, das waren zwei Krontaler – im Augenblicke sein ganzes bares Vermögen. Mit dem einen Krontaler sollte der Überzug nach Weilburg bestritten werden; der andere bildete den ganzen Kapitalfonds, womit er die neue Haushaltung begründen wollte. Er gedachte aber gleich in den ersten Tagen auf den Kirmessen ein schönes Stück Geld zu verdienen, und dann wäre es schon weiter gegangen. Jetzt drohten die Franzosen die Rechnung zu verderben. Der Krieg war auch in Weilburg. Wer wird tanzen wollen, wo die französischen Husaren gleich mit Mord und Standrecht Einzug halten? Es ward dem Stadtpfeifer himmelangst, da ihm die nächsten Wochen heiß vor die Seele traten. Und wie stand es gar in den nächsten Monaten, wenn das Ding so fortgehen sollte?

Als Heinrich Kullmann, von solchen Gedanken gequält, vor die Haustür trat, kam ein altes Weib auf ihn zu. »Das ist ein Hochzeitshaus«, sprach sie, »und Ihr tragt den Rosenstrauß im Knopfloch und seid der Bräutigam. Euer Ehrentag ist mein Unglückstag!«

»Was ist Euch begegnet, Mayerin?« fragte der Stadtpfeifer, der das Weib wohl kannte, das in einem kleinen, einsamen, Häuschen an der Dillenburger Straße wohnte.

»Ich bin eine Bettelfrau geworden über Nacht«, antwortete sie schluchzend. »Die Franzosen haben mir alles genommen, die Kühe weggetrieben, das Haus niedergebrannt, ja selbst die Apfelbäume, die doch unser Herrgott so schön wachsen ließ, haben sie zusammengehauen. Des Teufels Barbiere sind diese Heiden, denn ein Elsässer, der mir die köstlichsten Würste gestohlen, sagte mir in seinem Hundedeutsch, die ganze Straße müsse rasiert werden wegen der Festung, ich solle mich trösten, das sei Kriegskunst, und dabei biß er in eine Wurst, daß mir vom bloßen Zusehen das Wasser in die Zähne und in die Augen trat.«

Dies aber erzählte die Frau unter so kläglichem Gewimmer, daß der Stadtpfeifer am Schluß in die Tasche griff – und gab ihr den einen Krontaler – der war bestimmt gewesen, die Haushaltung anzufangen –; dann wandte er sich rasch um und ging wieder hinauf zum Hochzeitstische und ward nun so lustig, als habe er tausend Krontaler gewonnen.

Am andern Tage gab es kurzen Abschied zwischen Eltern und Kindern, wie das Bauernart ist. Aber ernst und tiefempfunden war das Lebewohl dennoch; denn jedes gedachte der ungewissen Zukunft und der Not des Augenblicks. Allein sie war hüben so groß wie drüben, und der Stadtpfeifer mußte zurück auf seinen Turm. Philipp Ketter hatte schon dreimal zum Aufbruch gemahnt, schon dreimal den Valettrunk getan, da bestieg das junge Ehepaar endlich seinen Leiterwagen.

Es war kein lustiger Reisetag. Ein durchdringender Sommerregen rauschte in Strömen herab. Selbst der dichtbelaubte Buchenwald konnte keinen rechten Schutz mehr geben; die Pfade waren schlüpfrig, und die zahlreichen Bergwasser wuchsen zusehends, jede Rinne füllte sich zu einem neuen Bach. Darum war es kein Wunder, daß Philipp Pferd und Wagen auf den holprigen Holzwegen kaum vorwärts bringen mochte. Er hatte sich aber auch wider den Regen so tief in eine wollene Decke gewickelt, daß der Schimmel so ziemlich seinen eigenen Gedanken nachgehen konnte, und nur, wenn der Wagen wider einen Stein oder eine Wurzel stieß, als ob alle Räder brechen müßten, rief der Fuhrmann dem Pferde hintendrein eine Vermahnung zu; den Kopf ließ er aber doch unter der Decke.

Über den hinteren Teil des Wagens war ein Linnentuch gespannt, darunter saßen die jungen Eheleute. Es war nicht unbehaglich, sich in der Ecke unter der Leinwand aufs Stroh zu kauern und der Musik des ringsum durch die Blätter niederrauschenden Regens zu lauschen, während selten ein Tröpfchen durch das Tuch hereindrang.

Da pflogen die Leutchen nun das fraulichste Gespräch, woben goldene Träume, wie's für eine Hochzeitsreise sich schickt, und wenn sie auch in Ketters Leiterwagen gemacht wird. Der arme Stadtpfeifer ließ die Erinnerung seliger Vergangenheit, die Hoffnung seliger Zukunft an seinem Ohre vorüberrauschen wie ein

Kind; es war ja noch süßere Musik darin, als in dem draußen niederrauschenden Sommerregen, und nur selten führte ein Dämon seine Hand nach der Hosentasche, daß es ihn durchzuckte, wenn er auf einen Augenblick des einzigen Krontalers gedachte. Aber schon in der nächsten Minute war er wieder unermeßlich reich. Ja, der Stadtpfeifer war ein Kind, eines von den Kindern, von denen geschrieben steht, daß wir nicht ins Himmelreich kommen sollen, wenn wir nicht werden wie ihrer eines.

So verging die Zeit der langen Fahrt, und keines wußte wie; der Fuhrmann, weil er schlief, die Liebenden, weil sie träumten. Da schreckte das Gesicht Philipp Ketters, das grinsend zum Leinwanddache hereinschaute, auf einmal den Stadtpfeifer und seine Frau aus dem anmutigsten Gespräche. »Schauet rechts die Lichtung hinauf; da kommt eine ganze Rotte Franzosen!« Und als ob das gar nichts zu bedeuten habe, kroch er rasch wieder unter seine Wollendecke und ließ den Wagen schnurstracks den Franzosen entgegengehen. Der Stadtpfeifer lupfte die Leinwand und starrte hinaus nach der drohenden Gefahr. Allein ob auch in seinen Zügen bewegte Gedanken zuckten, sprach er doch kein Wort, gleich als wenn er samt dem Philipp verhext wäre.

Christine sah den beiden eine Weile zu; dann machte sie sich hervor, riß dem Holzklotz, dem Philipp, Zügel und Peitsche aus der Hand und trieb den Gaul seitab in den Wald hinein. Und wie der Wagen auch drohend rechts und links schwankte auf dem ungleichen Boden, Christine brachte ihn durch ins Dickicht und hielt dann still.

Die Soldaten mochten den Wagen noch nicht erblickt haben, oder es gelüstete sie nicht, das unansehnliche Fuhrwerk bei dem Unwetter, von den ohnedies trügerischen Pfaden abweichend, in den dicken Wald zu verfolgen.

Die drei Leute von unserer Hochzeitsfahrt harrten lautlos einen ängstlichen Augenblick: jetzt waren die Franzosen vorbeigezogen.

»Was ist dir angekommen, Heinrich«, rief nun Christine, tief aufatmend, »daß du so starr und stumm in die Luft geschaut, und hast den Tolpatsch, den Philipp nicht zurückgehalten, der mitten unter das Soldatenvolk fahren wollte?«

»Unser Gespräch von vorher klang noch fort in meinem Geiste. Sieh, Christine, wenn ich einmal ein Thema fest gepackt habe, dann muß es durch alle Formen des Kontrapunktes durchgearbeitet werden. Was kümmert mich ein Kriegsmarsch, wenn ich mitten in einem zärtlichen Menuett bin? Ich war bei dir, bei unserer künftigen Glückseligkeit hoch oben im Pfeiferstübchen auf dem Schloßturm von Weilburg – wie konnte ich zugleich hier bei den Franzosen sein.«

»Da sieht man schon, wer künftig das Regiment in der Pfeiferstube führen wird«, brummte der Fuhrmann vor sich hin und kroch in seine Decke zurück.

Der Stadtpfeifer aber gestand nachgehends, er hätte es, da seine Frau so mutig die Zügel faßte, eine Weile gar nicht ungern gesehen, wenn die Franzosen ihnen nachgelaufen wären und sie ein bißchen geplündert hätten: denn wenn er gar keinen Krontaler mehr gehabt, dann wäre er doch außer Verlegenheit gewesen, wegen des einzigen Krontalers, mit dem er seine neue Haushaltung begründen wollte.

Unsere Reisenden hatten durch große Umwege den Belagerungskreis von Dillenburg vermieden, so geschah es, daß sie erst am späten Nachmittag in Beilstein den ersten Halt machen konnten. Jetzt ein Dorf, war Beilstein zu selbiger Zeit noch ein Städtchen; das gräfliche Schloß mit den stolzen Strebepfeilern an den hohen Mauern drohte freilich schon den Verfall und war nur noch von einem Amtmanne bewohnt. Im Schloßgarten trieben die verschnittenen Hainbuchen und Linden bereits wilde Sprossen über die geraden Linien der alten Gartenkunst hinaus, da seit Jahren keine Schere mehr über sie gekommen. Das Städtchen liegt tief im Talgrund, und die Höhen ringsum sind ödes Heideland, mit Basaltblöcken übersät, zwischen denen niederes Gebüsch verstreut ist – eine rechte Westerwälder Landschaft. Und heute hatte der Regenhimmel noch seinen grauen Ton darüber gebreitet, daß der öde Grund wie gemacht war für die Szene, die sich jetzt auf demselben entwickeln sollte.

»Schau'!« rief der Stadtpfeifer seinem Weibe zu, indem er an das Fenster des Wirtshauses trat, wo sie eben eingestellt. »Dort kommen unsere Leute den Berg herabmarschiert!«

Und in der Tat sah man die Dillenburger Besatzung langsam in das Tal einrücken. Es waren etwa noch dreihundert Mann. Die Gemeinen hatten kein Gewehr, nur ihre Tornister hatte man ihnen gelassen; die Offiziere dagegen durften noch den Degen tragen; zwei bedeckte Wagen hatten die Sieger den Kapitulierenden gleichfalls mitzunehmen gestattet, und diese kargen kriegerischen Ehren waren alles, was die tapfere Mannschaft durch vierzehntägige heiße Gegenwehr sich erringen konnte. Das ungünstig gelegene Bergschloß war nicht länger mehr gegen die gut gestellten Kanonen des Ingenieur-Obersten Filey zu halten gewesen; gestern abend war es mit Kapitulation übergegangen. Neben der Linde, darunter einst Wilhelm der Verschwiegene, der große Oranier, über die Befreiung der Niederlande Rats geflogen, war jetzt die Fahne mit den Lilien aufgepflanzt. Der Oberst von Dörings, ein mannhafter hannoverscher Kavalier, der die Verteidigung geleitet, durfte mit dem Reste der Besatzung zu dem verbündeten Heere ziehen. So erzählte der Wirt, den die Soldaten auch ans Fenster gelockt hatten.

»Das ist des Kriegs Lauf und der Welt Lauf!« sprach der Stadtpfeifer. »Die braven Kerle haben getan, was menschenmöglich war, und am Ende mußten sie doch die Schlüssel zu ihres Herren Haus dem Feinde übergeben und ohne Gewehr abziehen! So geht es uns allen, auch wenn wir keine Soldaten sind.«

»Ganz gewiß!« fiel Christine ein. »Aber sind jene Bursche brav, dann wird auch jeder sein Gewehr schon wiederfinden und nachher noch einmal so tapfer streiten. Wenn's hart an uns geht, Heinrich, und wir meinen, es wäre gar vorbei, dann sind wir allemal erst recht stark. So ist mir's immer im Sinn gewesen. Als ich noch ein klein Ding war, da wollt' ich selten vor die Tür beim schönen Wetter. Wann aber ein großer Wind kam und Regen, Schnee oder Schloßen, dann lief ich draußen herum und hatte meine Freude, mich peitschen und zausen zu lassen. Je wütender es windete, je fester pflanzte ich mich in den Boden hinein. Und wenn mich dann der Vater schalt und zornig fragte, was ich bei dem Gestürm draußen zu suchen habe, konnt' ich ihm nichts anderes antworten, als daß es doch gar so schön sei, mit Wind und Wetter zu streiten. Seht, die Soldaten da drüben gehen jetzt auch in Wind und Wetter; sie werden schon wieder ins Trockene kommen.«

»Man merkt's, Frau Stadtpfeiferin, daß Ihr erst vierundzwanzig Stunden verheiratet seid«, sprach der Wirt lächelnd. »Wenn Ihr über Jahr und Tag wiederkommt, dann wollen wir weiterreden von der Lust an Sturm und Regen. Vielleicht zieht Ihr dann doch ein wenig Sonnenschein vor.«

2.

Das junge Paar hauste nun auf dem Schloßturm zu Weilburg. In sinkender Nacht waren sie angekommen. Da hatte der Stadtpfeifer, als er von weitem das Lahnwehr der Weilburger Brückenmühle rauschen hörte, nicht länger an sich halten können: er mußte sein Gewissen entlasten und der Frau bekennen, daß er nur noch einen Krontaler im Vermögen habe, daß dieser einzige aber auch bereits zur Deckung der Überzugskosten in Ausgabe geschrieben sei. Die Frau erschrak wohl anfangs; allein die letzten Stunden waren so traulich gewesen unter dem Linnendach des Wagens, die Lahn rauschte ihnen so heimlich entgegen, Heinrich hielt ihre Hand fest in der seinigen: – die Liebe überwindet alles, sie überwand auch diesen einzigen Krontaler, und heiter, versöhnt mit sich und seinem Geschick, stieg das Paar zuletzt Arm in Arm die hohe Wendeltreppe zum Turm hinauf, indes Philipp Ketter die schwere Heiratskiste mit der Aussteuer Christinens keuchend hintendrein trug. Als er die Kiste oben abgesetzt, nahm er den einzigen Krontaler in Empfang, und der Stadtpfeifer war ordentlich froh, daß er das Geldstück los war, welches ihm so viel Not gemacht.

Frau Christine waltete als die klügste Hauswirtin. Sie verkaufte sofort einige überflüssige Stücke ihrer Aussteuer, um bar Geld zu bekommen, und das durchtriebene Bauernkind wußte dabei die Sache recht heimlich abzumachen, daß nicht gleich ein Stadtklatsch daraus wurde. Der Mann hatte inzwischen auch unverdientes Glück mit den Kirmessen; es ward getanzt, trotz den Franzosen und mit den Franzosen. Saure Tage waren es freilich für Heinrich: er mußte oft mehrere Stunden Wegs weit zum Tanzplatz laufen, Nacht um Nacht blasen bis in den grauenden Morgen; aber dann brachte er doch Geld nach Hause, daß er sich auf die Qual dieser Nächte freute wie die Schulkinder auf einen Feiertag.

So ging es für den Anfang ganz leidlich. Allein, Frau Christine wollte auch einen Notpfennig gewinnen auf den Winter, und Dauer dem guten Glück. Die Einrichtung der Pfeiferstube, wie sie der Stadtpfeifer von den Eltern ererbt, war gediegen, reichlich, ja für kleine Bürgersleute luxuriös. Wo nun etwas von den schönen Tischen, Stühlen und Schränken gut anzubringen war, da verkaufte es die Frau – die Kriegsnöte entschuldigten das jetzt, freilich drückten sie auch die Preise – und schaffte recht billigen Bauernhausrat dafür an. So kam es denn bald, daß die Finanzen des Stadtpfeifers sich besserten, aber in der sonst so niedlichen Pfeiferstube sah es um so schlechter aus. Die dreibeinigen Stühle aus Eichenholz waren so grob gehobelt wie die Westerwälder Bauern, denen Christine sie abgekauft. Der Tisch stand aus Sympathie gleichfalls nur auf drei Füßen, der vierte war durch einen untergeschobenen Ziegelstein ergänzt, an die Haushaltung von Philemon und Baucis erinnernd. Die Schränke aber vollends waren so alt und wurmstichig, daß der Stadtpfeifer zu behaupten pflegte, sie rührten noch aus der Mobiliarversteigerung von Adams und Evas Nachlaß her.

Aber die Eheleute waren glücklich, wenn sie am Abend einander gegenüber auf den dreibeinigen Stühlen an dem dreibeinigen Tische saßen; – und was braucht es mehr!

Das ging so bis in den September. Da kam der kühle Herbstwind und strich auch dem Stadtpfeifer gar kühl über die Stirne, denn sein Glück schien plötzlich nur ein Zugvogel zu sein, der sich zum Wegziehen anschicke mit den Störchen und Schwalben. Die Kirmessen hörten auf, die Soldatenlast ward drückender, niemand traute dem Landfrieden mehr, auch die Reichsten kündigten ihre Musikstunden, die dem Pfeifer bis dahin ausgeholfen, nirgend konnte seine Frau einen Nebenverdienst finden, und die Stadtpfeiferei warf nur zwanzig Gulden jährlich ab nebst dem freien Quartier, hundertundzwanzig Fuß über dem Straßenpflaster. Da mußte Christine bald den Notpfennig anbrechen, und er ward immer kleiner und kleiner.

In den ersten Monaten hatte sie, dem Herkommen des väterlichen Hauses getreu, an jedem Sonntag einen Kuchen gebacken. Denn in Ebersbach, wo man freilich auf Mehl und Milch und Butter nicht zu sehen brauchte, würde eine Sonntagsfeier ohne Kuchen angesehen worden sein, wie wenn man neben die Kirche gegangen wäre oder die Werktagskleider anbehalten hätte, statt festtäglichen Putzes. Der Kuchen gehörte so nötig zu einem gerechten Sonntag, wie Glockengeläute, Orgelspiel und Chorgesang. Anfangs machte nun das Bauernkind in der Pfeiferstube nach gewohnter Weise einen Sonntagskuchen, mächtig groß, in seiner Rundung fast vergleichbar der großen, rot aufglühenden Mondscheibe, wenn sie abends am Bergsaum aus leichtem Nebel hervortritt. Dann spürte Christine allmählich den Unterschied zwischen Dorf und Stadt, und der Sonntagskuchen ward beträchtlich kleiner, etwa wie derselbe rote Mond, wenn er nachgehends als goldene Kugel im dunstfreien Mitternachtshimmel schwimmt. Anfangs September wurde der Kuchen so klein, wie wenn man des Mondes schmales erstes Viertel zu einem Kreis zusammengelegt hätte, und als die Äquinoktialstürme den Turm umbrausten, da stand es mit dem Sonntagskuchen wie mit dem Neumond; er war nun ganz unsichtbar geworden.

In dieser Zeit geschah es, daß der Stadtpfeifer eines Abends vor dem Notenpulte saß und strich die Saiten seiner Geige übend auf und ab, immer die gleiche Figur dergestalt, daß es der armen Christine, die das Spinnrad drehte, fast schwindelig wurde. Das Stübchen lag gar luftig, die vier Fenster nach den vier Winden, und der heulende Sturmwind verband sich mit dem Geigen und dem Spinnrad zu einem verzweifelt melancholischen Konzert. Die Scheiben klirrten, ein Schwarm Raben flatterte krächzend um den hohen Turm, das Lahnwehr tief unten erbrauste wild. Der Geiger spielte, als gelte es wettzukämpfen mit all diesem Getöse, aber alle Wut des Eifers ließ es ihm nicht glücken, einen einzigen Lauf rein und flink herauszubringen.

Und so war's alle Tage. Eine Ausdauer hatte Heinrich Kullmann sondergleichen und auch ein gutes Verständnis der Sache; aber so sehr er das Beste zu beurteilen, so rein er es zu genießen wußte, vermochte er es doch niemals selber hervorzubringen.

Endlich warf er die Geige weg. »Ich bin zu nichts gut«, rief er unmutig, »als den Morgen und Abend mit einem Choral anzublasen. Ein kunstreicher Spielmann werde ich im Leben nicht. O Weib, das tut weh, zu fühlen, wie man alles geigen soll, daß die Leute ausrufen müßten: Seht der Weilburger Stadtpfeifer ist ein anderer Corelli! Das tut weh, jede Passage gar wunderschön im Kopf zu haben und zu wissen, bis sie in die Finger kommt, wird alles holperig und matt sein!«

Da hielt Christine das Spinnrad ein und sprach: »Laß ab von diesen Sachen, Heinrich. Treibe dein Handwerk ehrlich, daß du uns Brot schaffest, und lasse dir daran genügen. Dein eitles Begehren bricht dir den Mut. Die Steine, die man nicht heben kann, muß man liegen lassen. Der Krieg quält uns, die Hantierung stockt, und allen Leuten geht das Geld aus. Da braucht es Kraft und Gottvertrauen: geig' dir das nicht aus der Seele! Zu was ist Hoffart nütze, wo man das letzte Stückchen Brot im Hause gegessen hat?«

Das Wort fiel wie Feuer auf des Stadtpfeifers Haupt. »Wie? ist vielleicht kein Brot im Hause?« rief er, jäh aufbrausend.

»Wir haben heute morgen das letzte gegessen. Gott weiß, daß ich dir keinen Vorwurf machen will, indem ich's sage.«

Da nahm der Stadtpfeifer seinen Hut und rief: »Ich will uns Brot holen!« und eilte zur Tür hinaus.

Der Frau aber ward's bange, und ob sie gleich schon jetzt in den ersten Monaten ihrer Ehe ein gar festes, starkwilliges Weib war, wie sie auch ein unbeugsames Mädchen gewesen, lief sie doch dem Manne nach und bat ihn weinend, er möge dableiben, sie habe ihm ja kein böses Wort geben wollen. Aber der Stadtpfeifer war so jählings die Wendeltreppe des Turmes hinabgesprungen, daß ihre Bitten ungehört in den engen Mauern verhallten. Da ging sie zurück in die Stube, legte den Kopf in die Hände und weinte bitterlich.

Der Stadtpfeifer lief durch die stillen Straßen und wußte selbst nicht, zu welchem Ende. Es war gut, daß es bereits dunkel geworden; hätten ihn die Leute so laufen sehen, sie würden gesagt haben, Heinrich Kullmann sei übergeschnappt.

Böse und gute Gedanken stritten sich in seiner Seele. Warum habe ich ein Weib genommen, da ich keines ernähren kann? Ein so braves Weib und doch nicht recht für einen Musikanten! Sie faßt mich nicht. Sie fordert Brot, wenn ich nach dem Bogenstrich Tartinis ringe. Und doch hat sie recht – muß ich ihr nicht Brot schaffen? Aber ich habe auch recht, denn wenn ich nur einmal den Bogenstrich gefunden, den ich fühle, dann kann sie wieder ihren Sonntagskuchen backen, so groß wie einen Mühlstein. Könnt' ich ihr nur erst Brot bringen!

Er suchte nochmals in allen Taschen nach etwas verirrter Münze, allein es fand sich nichts.

So lief der Stadtpfeifer bis über die Lahnbrücke. Jetzt war er im Freien vor der Stadt. Es war ganz dunkel geworden. Die Spukgestalten, womit der Volksglaube die Felsschluchten vor Weilburg bevölkert, tanzten vor den wirren Sinnen des Dahinstürmenden, und er stutzte plötzlich und hielt ein, mit Schauern des Spruches gedenkend, daß der Tag den Lebendigen gehöre, die Nacht aber den Toten. Er blickte gegen die Stadt zurück. Der Fluß brauste unheimlich in der schwarzen Tiefe; das alte Schloß lagerte sich über den breiten Felsrücken langgestreckt wie eine riesige Sphinx, die Wache hält an den Türen der Talschlucht. Aber hoch über den verlassenen Bau, aus dessen Fenstern heute kein einziges Licht zum Wasser niederglänzte, ragte der Schloßturm, und nahe seiner Spitze leuchtete ein tröstlicher Schimmer: das war die Kammer, wo Christine saß und weinte.

Der Stadtpfeifer blickte starr nach dem einzigen Licht in der Höhe, und es ward ihm in der Seele leid, daß er eben so unfreundlich seines Weibes gedacht. Und indem er so das einzige Licht in der ringsum endlos ausgebreiteten Finsternis anblickte, fiel ihm ein einfältiger Vers ein, den er manchmal von seiner Mutter hatte singen hören, der hieß:

> *»Wem nie durch Liebe Leid geschieht,*
> *Dem ward auch Lieb' durch Liebe nicht,*
> *Leid kommt wohl ohne Lieb' allein;*
> *Lieb' kann nicht ohne Leiden sein.«*

So schritt er denn nach einer Weile langsam zurück über die Brücke, und im Gehen wiederholte er sich wohl zehnmal immer langsamer und nachdenklicher den Vers, und seine Schritte hielten zuletzt wie von selber ein, daß er in tiefem Sinnen stehenblieb. Sein Blick senkte sich zur Erde. Da sieht er etwas glitzern: – es ist ein funkelneuer Groschen! Und wie er sich bückt, ihn aufzuheben, sieht er auf einen Schritt voraus noch einen Groschen liegen, und weiterfort noch einen – und so waren es sechse, dicht aneinander, alle so neu und glänzend, wie wenn sie eben jetzt aus der Münze kämen.

»Sechs neue Groschen in einer Reihe«, murmelte der Stadtpfeifer leise, tief bewegt, »sechs Groschen – die hat mir unser Herrgott selber hierher gelegt, der mich nicht verlassen will – sechs Groschen kostet der Laib Brot in dieser teuren Zeit!« Und dann war es ihm nach einem Augenblick wieder unfaßbar, wie er zu dem Gelde gekommen; er erschrak vor sich selbst, als habe er's gestohlen; er prüfte fühlend und besichtigend im Schein der erleuchtenden Fenster eines Hauses, ob es kein Blendwerk sei: allein es waren und blieben wirkliche sechs neue, blanke Groschen. Es ward ihm aber, daß er hätte weinen mögen wie ein Kind, als er, beim Hofbäcker eintrat und die sechs glänzenden Groschen niedergeschlagenen Auges auf den Tisch legte und mit zitternder Hand den Laib Brot dafür hinnahm.

Jetzt lief er noch viel schneller zum Schlosse zurück, als er vorhin nach der Brücke gelaufen war. Er preßte das Brot fest unter den Arm, als könne es ihm unversehens wieder davonfliegen. Da kann man wohl auch sagen, dachte er bei sich, der Neunundneunzigste weiß nicht, wie der Hundertste zu seinem Brot kommt.

Aber während er so hinter der Stadtmauer den Berg hinanstieg, klang plötzlich ein leises Wimmern an sein Ohr. Er blieb stehen; die Töne schienen vom Boden heraufzukommen.

»Was ist das?« rief er aus. »Heute abend bin ich im Finden glücklich! Da liegt ein kleines Kind – in ein paar arme Lumpen gewickelt. Wahrhaftig, Gott hat mir nicht umsonst den Zorn eingegeben, daß ich wie toll in die Nacht hineinlaufen mußte!«

Und es kam ihn, wunderbar genug, über diesen zweiten Fund fast eine größere Freude an als über den ersten, da er in den Lichtschimmer des nächsten Fensters trat und ein Papier entzifferte, das bei dem Kinde gelegen; darauf stand geschrieben: Ein arm elendig Weib bittet den Christenmenschen, der dies findet, daß er sich um Jesu willen des Kindes erbarme. Es ist getauft und heißt mit Namen Johann Friedrich.«

Der Stadtpfeifer nahm sein Brot in den einen Arm und das Kind in den andern und schlug den Zipfel seines langen Rockes um den armen Wurm. »Herrgott!« rief er, »du sollst mir nicht umsonst die Groschen auf die Straße gelegt haben!« Dieser kurze Ausruf aber war wie ein volles, brünstiges Gebet.

Erst als der Stadtpfeifer mit dem Doppelfund vor seiner Stubentüre stand, überkam ihn Zagen und Verlegenheit! Doch schon öffnete Frau Christine und begrüßte ihn so zärtlich, als müsse der Gruß allein jede Erinnerung von Streit und Unmut tilgen.

Der Stadtpfeifer legte das Brot auf den Tisch und das Kind daneben. »Das habe ich unterwegs gefunden, Christine«, sagte er trocken, und blickte dabei die Frau so ernsthaft an, daß sie laut lachen mußte, und er selber lachte nun mit. Dann setzte er sich und erzählte treuherzig seine Geschichte, und hob im Erzählen das Kind wohl ein dutzendmal auf, damit es ihn anlächle und er es küsse. Als er von den sechs Groschen erzählte, da ward es auch der Frau ganz fromm zumute; doch als er dann weiter seinen Bericht über den Fund des Kindes beendet, sprach sie: »Du tatest recht, daß du das Würmchen mitgebracht hast; morgen wollen wir zum Schultheißen gehen und ihm den Buben einhändigen.«

Den Stadtpfeifer überlief es, wie wenn er mit kaltem Wasser begossen wurde. Er erwachte erst jetzt zur klaren Überlegung. Daran hatte er noch gar nicht gedacht, was es heiße, ein Kind aufziehen und versorgen, und daß vor allem eine Mutter dazu gehöre, die sich mit voller Liebe und Opferung des hilflosen Geschöpfes annehme. Nicht ihm, sondern der Frau kam hier das entscheidende Wort zu. Es hatte ihm so vorgeschwebt, als müsse der Kleine auf immer bei ihm in seiner Pfeiferstube bleiben und dort aufwachsen, so ohne weiteres, wie ein Blumenstock, den man ans Fenster stellt, zeitweilig begießt und im übrigen unserm Herrgott überläßt. Nun fühlte er auf einmal, wie gedankenlos er geträumt.

Er besann sich lange; er kämpfte lange mit sich selber. So viel Kopfbrechens hatte er sich nicht gemacht seit der Stunde, wo er den leichtsinnigen Entschluß faßte, das Bauernmädchen von Ebersbach zu heiraten.

Endlich schien auch hier der Entschluß gefunden. Mit einer Festigkeit, die der Frau ganz neu war, sprach er: »Freilich wollen wir morgen zum Schultheißen gehen und ihm das Findelkind anzeigen. Die Gemeinde muß für des Knaben Erziehung Geld steuern – es wird jetzt nicht viel herausspringen –, gute Leute müssen um eine Gabe für das arme Geschöpf angegangen werden; das hat alles seinen geweisten Weg, der durch des Schultheißen Stube führt, und du kennst ihn besser als ich. Aber so wenig ich diesen Laib Brot wieder zum Bäcker trage, so wenig gebe ich das Kind aus der Hand. Der Schultheiß würde es dem Wenigstfordernden zur Pflege ausbieten; eine Lumpenfamilie würde es ersteigern, um das Kostgeld einzustecken und den Kleinen verkümmern zu lassen.« Und er fuhr fort mit erhobener Stimme: »Nicht umsonst trieb es mich, den Weg hinter der Stadtmauer zu gehen, den man sonst im Dunkeln meidet. Unser Herrgott schenkt nichts weg, nicht einmal sechs Groschen. Christine! dieses Brot wird uns gesegnet sein, und das Brot wird im Hause nie mehr ausgehen, wenn wir das Kind, um dessentwillen uns das Brot geschenkt ward, behalten und zu einem frommen und tüchtigen Mann erziehen. Im Unsegen werden wir das Brot essen, wenn wir das Kind hinweggeben. Anfangs wirst du die größte Last haben, nachher aber kommt sie an m i c h ; wir wollen ehrlich teilen, was mit diesem Kind ins Haus eingezogen ist, die Sorgen und den Segen. Johann Friedrich, armes Waisenkind – Friedrich sollst du von uns genannt und ein Musikant werden! Und es soll dir besser damit glücken als deinem Pflegevater.«

Christine erschrak über die Bestimmtheit Heinrichs und seinen entschiedenen Ton. Er war ein ganz anderer geworden, seit er das Kind und das Brot auf den Tisch gelegt. Zum ersten Male empfand sie die Autorität des Ehemannes, davor sie sich beugen müsse. Die Worte von dem Segen, der nur auf Brot und Kind verbunden ruhe, durchbebten ihr abergläubisches Gemüt. So resolut sie sonst gewesen: – gerade hier, wo das Weib zu reden berufen war, fühlte sie sich als das schwache Weib. Sie erhob mancherlei Einwand, unter Tränen sogar, aber sie kam nicht auf gegen die fast religiöse Begeisterung des Mannes. Zu allerletzt verschanzte sie sich hinter die böse Nachrede der Freunde und Nachbarn. Wie werde man es ihnen, die selbst arme Leute, auslegen, daß sie ein Findelkind zu sich genommen, vermutlich, damit der Stadtpfeifer es mit seinen Projekten und Notenpapierschnitzeln großfüttere?

Heinrich sprach trutzig:

Ziehn dir die Leut' ein schiefes Maul,
So sei im Gesichterschneiden auch nicht faul –

sagt Doktor Martin Luther, und ich denke, wir sind beide gut lutherisch.« Dann nahm er das Brot, schnitt es an und setzte den Wasserkrug auf den Tisch. »Jetzt wollen wir schweigen und in Frieden unser Abendbrot essen. Hast du aber erst geschmeckt, Christine, wie köstlich dieses Brot ist, und wie der Hofbäcker nie ein gleiches gebacken, dann werden dir die Augen aufgehen, daß du Gottes Hand erkennst, die dieses Kind gerade uns, und uns allein, überantwortet hat, wer weiß zu welchem Ende!«

3.

Das Brot ging nicht mehr aus in des Stadtpfeifers Hause. Sie hatten aber auch das Kind behalten. Mit Wasser und Milch – ein damals noch kaum erhörtes Wagnis – ward der Knabe mühselig aufgezogen. Die Hofbäckerin steuerte die Milch dazu. Andere gaben Leinwand und Kleider; auch sonstige milde Spenden mancherlei Art flossen reichlich, solange die Sache noch neu war; dann versiegte die Barmherzigkeit, und nach Jahresfrist blieben die paar Gulden allein übrig, welche die Gemeinde beitrug – der Stadtpfeifer meinte, man könne keinen Hund dafür ordentlich erziehen. Allein Heinrich Kullmann hatte jetzt einen neuen Menschen angelegt. Ein Eifer zu arbeiten, zu erwerben glühte in ihm, daß es Christinen fast bangte. Tartinis Bogenstrich war ganz vergessen, unser Freund war der reine Stadtpfeifer geworden, doch, das merkte jeder, nur um Gottes willen, um des Weibes und Kindes willen. Er lief zweimal die Woche vier Stunden Wegs weit nach Wetzlar, um bei den Herren vom Reichskammergericht die Musikstunden wieder zu suchen, die er in Weilburg verloren. Da er sich für diese Tage im Turmdienst durch seine Gehilfen mußte vertreten lassen, so galt es vorher Dispens beim Schultheißen zu gewinnen. Dieser gab abschlägigen Bescheid. Früher würde der Stadtpfeifer nunmehr beschämt sich in sich selbst verkrochen und keinen weiteren Schritt mehr gewagt haben. Jetzt dagegen ging er mannhaft zum Schultheißen und legte ihm die Sache in so beweglicher Rede vor, daß er mit der Erlaubnis in der Tasche wieder heimgehen konnte. Seit die wirkliche Not an ihn gekommen, seit er in seinem Hause einmal beinahe kein Brot mehr über Nacht gehabt hatte, war er ein Mann geworden. Und als ihm, wie durch ein Wunder, dennoch Brot beschert ward, nahm er mit dem Kinde freiwillig die doppelte Not auf sich, gleich als wolle er nun ein Mann werden, der für z w e i Männer steht.

Das Brot ging nicht mehr aus in seinem Hause, aber schmal blieb es durch Jahr und Tag. Drei leibliche Kinder kamen nachgerade zu dem gefundenen, so daß die kleine Pfeiferstube übervoll ward. Das Herz des Vaters gehörte den eigenen Kindern; das Herz des Künstlers dem gefundenen; Johann Friedrich war noch keine vierzehn Jahre alt und konnte noch keine große Geige bewältigen, da sagte der Stadtpfeifer schon: »Hinter der Stadtmauer habe ich den großen

Musiker von der Gasse aufgelesen, den ich in mir selber immer vergebens gesucht.«

So ging es durch achtzehn Jahre voll Plage und Not. Die kleinen Leute verstanden aber damals noch gar trefflich die Kunst, elend und zugleich glücklich zu sein. Heinrich Kullmann kam nicht vorwärts, aber er blieb doch immer als Stadtpfeifer sitzen; er wurde oft nicht satt, aber er verhungerte auch nicht, und wenn er nur seinen ledernen Hosengürtel um zwei Löcher fester schnallte, so spürte er keinen Hunger mehr, auch bei halb leerem Magen. Weil in den Kriegszeiten jeder zurückging, so brauchte sich keiner zu schämen, wenn er verdarb. Der Stadtpfeifer machte etwa alle drei Jahre den Versuch, flügge zu werden, fiel aber immer wieder in das alte Nest auf dem Schloßturm zurück. Das nahm er hin, als hätte es nicht anders kommen können, und blieb so gutmütig, treuherzig und unpraktisch wie immer; aber er blieb jetzt auch ein Mann. Ward Christine zuweilen ungeduldig, dann sprach er: »Gottes Segen ist ja doch mit dem Kind und dem Brot über uns gekommen, vielleicht nicht ganz so reich, als wir's wünschten: – das Pferd, das den Hafer verdient, kriegt ihn nicht; aber sei versichert, um des Kindes willen wird uns für jene Welt der hier entgangene Hafer gutgeschrieben – mit Zinsen.«

Es war Friede geworden in Deutschland; nur fern im Westen, jenseits des Ozeans, zog ein schweres Gewitter auf. Doch so weit sah man nicht vom Schloßturm zu Weilburg.

Kirchweih war immer ein großes Fest in dieser guten Stadt, und solenniter sollte sie auch im Jahre 1778 begangen werden. Der fürstliche Hof saß wieder in seiner alten Residenz, und die patriarchalischen kleinen Fürsten ließen in diesen Jahrzehnten den Sonnenschein gemütlicher Huld wärmer als je auf die Bürger fallen, wie die Sonne am Hochsommerabend oft noch einmal ganz besonders warm und gnädig brennt, unmittelbar bevor sie untergehen will. Wenn damals bei der berühmten Weilburger Kirmes der Hof nicht ebensogut den Jubel mitmachte wie der Bürger und Bauer, dann hätte man es gar keine ganze Kirmes genannt.

Des Morgens zogen die Bürger aus nach dem Schießhause, mit ihnen der Fürst, dem, wie der Vater mit Stolz schon dem Knaben erzählte, als dem ersten Bürger der Stadt das Recht des ersten

Schusses zustand. Er tat den ersten Schuß, er brachte den ersten Becher aus, er tanzte den ersten Tanz, und so ward er von den Weilburgern auch als der erste Fürst gepriesen.

Der Stadtpfeifer im ziegelroten Staatsrock hatte dem Zuge, dem Fürsten selber den Marsch geblasen; jetzt spielte er am Schützenstande, nur von einem Hornbläser unterstützt, und abends sollte der Fürst und hintennach die ganze Bürgerschaft nach seiner Pfeife tanzen. Kirmes war immer ein stolzer Tag für einen Stadtpfeifer.

Die Bürger traten der Reihe nach vor, und jeder tat seinen Schuß. Da legte auch der Stadtpfeifer sein Instrument auf eine Weile weg, und der Hornbläser setzte allein die Musik fort. Heinrich Kullmann war Weilburger Bürger, also hatte er, kraft fürstlicher Gnaden, das Recht eines freien Schusses, und das ließ er sich nicht entgehen. Auf der Mauer vor dem Schießhause saß mit andern Weibern Frau Christine und hielt ihr Jüngstgeborenes auf dem Arme; Friedrich – im Herbst wurden es achtzehn Jahre, daß man ihn an der Stadtmauer gefunden – saß daneben mit den zwei größeren Geschwistern.

Heinrich Kullmann zielte kurz: jetzt knallt die Büchse. Er hatte mitten ins Schwarze getroffen! Wer hätte solch Bauernglück dem Stadtpfeifer zugetraut, der nur jedes Jahr einmal ein Gewehr in die Hand nahm! Christine fuhr so erschrocken zusammen über ihres Mannes Geschicklichkeit, daß ihr das Kind beinahe vom Arme gefallen wäre.

Wie ward es ihr erst nachgehends stolz zumut, als die Festordner vortraten, dem glücklichen Schützen den Ehrentrunk darzubringen, als die Kirmesjungfrauen ihrem Heinrich einen gewaltigen Blumenstrauß vorsteckten, der von dem mittelsten Knopfloche des Rockes bis zur Nas reichte, und als der Fürst selber dem Glücklichen die Hand schüttelte und ihn der Fürstin und den Prinzessinnen als den Schützenkönig vorstellte! Dann kamen die Scheibenbuben selb viere aufmarschiert und brachten den ersten Preis, nämlich ein Dutzend zinnerne Teller, zwölf Löffel, Messer und Gabeln, Suppennapf, Schüsseln – die Geschirre alle von blankem neuem Zinn –, und in das Salzfaß hatte der Fürst einen Dukaten gelegt und die Fürstin einen nassau-weilburgischen Krontaler 1778er Gepräges. Das alles überreichte der Schultheiß dem Stadtpfeifer aus den Händen der Scheibenbuben.

Wie verklärte sich das Gesicht des Vielgeprüften, als er den Pokal in die Höhe hob, verstohlen nach seiner Christine und den Kindern hinüberblickte, und dann auf das Wohl des Fürsten und des ganzen fürstlichen Hauses und der guten Stadt Weilburg trank!

Er wollte zurücktreten an seinen Platz und die Hoboe wieder ergreifen, allein die Bürger ließen das nicht zu, sagten, das Horn allein sei ihnen Musik genug, und zogen den Stadtpfeifer zum Zechen in die große Bude. Wie freundlich taten da angesichts des Fürsten gar viele, die den armen Stadtpfeifer sonst nicht von weitem ansahen. Selbst etliche Kavaliere kamen herbei, stießen mit dem Schützenkönig an und nannten ihn »lieber Kullmann«. Es waren dies aber dieselben Leute, die ihm bis dahin niemals gedankt hatten, wenn er sie auf der Straße grüßte; allein der Stadtpfeifer hatte dennoch nicht aufgehört, seinen Gruß zu entbieten, eingedenk der Verheißung des Herrn, daß, so wir jemand grüßen, der dessen wert ist, der Friede, den wir ihm gewünscht, auf ihn kommen wird, so er dessen aber unwert, wird sich unser Friede wieder zu uns wenden.

Allein auch diese frohe Stunde sollte dem Stadtpfeifer nicht unverbittert bleiben. Gerade da er im rechten Rausch der Freude schwelgte, da ihm eben so gar nichts fehlte – denn auch Frau und Kinder saßen neben ihm und taten sich gütlich –, trat der Hoftrompeter hinter seinen Stuhl, ein stattlicher Mann, aber mit einem verwetterten Malefizgesicht, der drehte sich den langen ungarischen Schnurrbart und sprach: »Herr Stadtpfeifer auf ein Wort!« und zog ihn beiseite.

»Ihr habt eine Eingabe gemacht, daß man Euch gestatten möge, mit uns zur fürstlichen Tafel zu blasen. Ei, Herr Stadtpfeifer, Ihr hättet doch wissen sollen, daß ich und meine Kameraden › g e - l e r n t e ‹ Trompeter sind, Glieder der Trompeterkameradschaft, die ihr Privilegium Anno 1623 von Kaiser Ferdinandus erhalten hat, und daß wir keinem erlauben dürfen, mit uns zu blasen, der nicht durch Brief und Siegel beweist, daß er in die Kameradschaft gehöre. Ihr blast sehr schön, aber woher habt Ihr's denn? Seid Ihr in der Zunft aufgewachsen oder habt Ihr Euch selber hineingestohlen in die Geheimnisse unserer Zungenstöße, die für die Kameradschaft

ein b e s c h w o r e n e s Geheimnis sind? Seht, und wenn der Ober-
hofkapellmeister Hasse von Dresden käme und spräche zu mir: ich
will mit dir blasen, dann würd' ich antworten: Mit Verlaub, Maestro, Ihr möget der gepriesenste Komponist in Deutschland und
Welschland sein und der beste Trompeter dazu, aber ein u n g e -
l e r n t e r Trompeter seid Ihr doch, und nach meinem Zunfteid darf
ich nicht mit Euch blasen.«

Mit diesen Worten ließ er den Schützenkönig stehen. Der blieb
eine Weile starr über die Bosheit des schnurrbärtigen Satans, der
seine glücklichste Stunde geflissentlich abgewartet zu haben schien,
um ihn wieder einmal mit einer getäuschten Hoffnung niederzu-
schlagen. Er ging zum Glase zurück und setzte es mit so saurem
Gesichte an den Mund, als ob der gute Wein Essig wäre.

Da sagte die Frau, die gern so von ungefähr erkunden wollte, was
er mit dem Hoftrompeter gehabt: »Du bist ein närrischer Mann,
Heinrich! Wenn dir's schlecht geht, dann bist du wohlgemut, und
wenn einmal das Glück an dich kommt, dann möchtest du weinen.«

»Nein, so ist es nicht!« erwiderte er. »Sieh, wenn ich sonst über
den Schloßhof ging, und der Hoftrompeter im Tressenrock stand
auf der hohen Treppe vor dem Speisesaale, schmetterte seine Fanfa-
ren und blies die hohen Gäste zur Tafel zusammen, dann dachte
ich: der hat's besser wie du, ob du gleich ebensogut Trompeten
könntest – einen leichteren Dienst, einen schöneren Rock, mehr
Geld und größere Ehren! Und ich war ein Esel und bewarb mich
insgeheim um die zweite Trompeterstelle neben ihm. Ich wollte
wieder einmal vorwärts kommen; – nicht wahr, Christine, das haben wir schon oft gewollt? Ich habe dir's verschwiegen, weil ich
dich überraschen wollte. Nun ist's wieder nichts: denn ich bin nur
ein ›ungelernter‹ Trompeter, wie man mir eben sagt, ich habe mir
meine Kunst gestohlen, weil ich nicht Brief und Siegel habe von der
Kameradschaft. Doch was schadet's? Reich' mir den kleinen Buben,
daß ich ihn küsse, der wird vielleicht einmal ein gelernter Trompeter werden, ich sehe ihn schon im Tressenrock auf der großen
Schloßtreppe stehen. Ich aber will derweilen den Armen und Ge-
ringen meinen Choral vorblasen, daß der Schall vom Turm, wie
wenn er vom Himmel herab käme, sie mahne, tröste und erbaue:
das ist doch ein ander Ding, als wenn ich vornehme Gäste, die nie

hungrig sind, mit gellender Trompete zum Essen rufe. O Christine, dein seliger Vater hatte recht; Stadtpfeifer soll ich bleiben mein Leben lang, und es geht auch nichts über die Stadtpfeiferei, wenn ein Weib auf dem Turme waltet wie du!«

Als es zum Tanze ging, war der Stadtpfeifer schon wieder getröstet, und er blies so lustig, wie wenn es gar keine gelernten Trompeter in der Welt gäbe.

Der zweite Kirchweihtag verging ihm in noch härterer Arbeit und Unruhe wie der erste; denn da ward noch viel toller und länger getanzt, da war der Jubel erst recht losgelassen. Die Hoboe ließ den Musiker nicht zur Besinnung kommen, und wenn ihm zuletzt fast der Atem ausging, so waren ihm die Gedanken schon längst ausgegangen.

Erst am dritten Tage fand er sich selber wieder in dem Frieden seines Turmstübchens. Aber mit der Ruhe kam auch das Nachdenken über die vergangenen Tage. Und ob ihn nun gleich das spiegelblanke Zinngerät und das Goldstück und der neue Krontaler gar freundlich anlächelte, verband sich doch mit diesem Anblick sofort der Gedanke, wie grausam es sei, daß er als Schütze, wo er nichts gelernt und kaum gezielt, sofort mitten ins Schwarze getroffen, während er als Musiker, wo er rastlos lerne und wunders wie scharf ziele, sich nie auch nur einen zweiten oder dritten Rang herauszuschießen vermöge.

Christine merkte, daß der böse Geist über Saul komme, darum rief sie ihren David, den Friedrich, der eben seine Geige im obersten Dachraume bei den Krähennestern, zunächst unter dem Turmknopf, exerzierte. Er kam mit dem Instrument, und die Frau fragte ganz leise den hypochondrischen Mann, ob er nicht zu ihrer aller Ergötzung ein Duett mit Friedrich geigen wolle?

Der Stadtpfeifer rieb sich die Augen, lächelte und bejahte die Frage.

Es war aber etwas ganz Eigenes, wenn die beiden ihre Duette geigten. Frau Christine sagte oft: »Ich wünschte, da hörte einmal ein rechter Meister zu; er sollte den Geigern alle Ehre geben.« Wir wissen, daß der Stadtpfeifer sonst kein Hexenmeister mit dem Fiedelbogen war; aber wenn er Duette mit seinem Friedrich spielte – und nur dann –, adelte sein Spiel sich wundersam. Es war schlicht und auch etwas ungelenk wie sonst – vom Bogenstrich Tartinis war noch nichts zu spüren –, allein es saß eine so unendlich treuherzige, gute Seele, eine echt deutsche Gemütlichkeit, kurz der ganze Stadtpfeifer saß in dem Spiele. Des Bogenstriches, der ihm angeboren, war er sich bewußt geworden; denn im Bogenstrich liegt die Seele des Geigers. Und dann haben selten zwei Menschen so einig Duett gespielt; Ton klang zu Ton, als ob beide aus einer Geige kämen. Aber nur, wenn der Stadtpfeifer ganz allein war mit Friedrich und seiner Frau, gelang ihm das Spiel; hörte ein anderer zu – gleich war die Seele aus der Geige geflogen, der angeborene Bogenstrich wieder vergessen, und der Stadtpfeifer spielte schülerhaft neben dem stets meisterlichen Spiele des Schülers.

Wenn Christine in diesen heimlichen, glücklichsten Stunden ihren Friedrich anschaute, dann war es ihr doch auch manchmal recht traurig ums Herz. Friedrich war blaß, mager – man weiß, wie ein Bauernkind den Mageren selbstverständlich für einen Kranken hält. Frühreif an Körper und Geist, hatte er mit unbezähmbarem Eifer die Musik gelernt; nicht in körperlichem, sondern in geistigem Ringen hatte sich bei ihm die Jugend vertobt. Es war Christinen immer, als ob Friedrich nicht mehr lange Duett spielen könne mit ihrem Mann. Sie versuchte einmal anzuklopfen bei letzterem, als er des Knaben unerhörte Fortschritte rühmte, und sagte in ihrer Art: »Die Vögel, die zu früh pfeifen, frißt die Katze.« Da schnitt ihr der Mann rasch das Wort ab und sprach von anderen Dingen. Nun wußte sie, daß er ihre Furcht teile, daß er aber nichts davon reden und hören wolle.

Ehe die beiden ihr Duett begannen, verschloß der Alte, wie immer, die Tür. Dann stellten sie sich gegeneinander und spielten – ohne Noten (sie wußten's seit Jahren auswendig) – und der Vater sah dem Sohne, der Sohn dem Vater ins Auge, daß man meinte, sie sähen die Musik einander an den Augen ab und nur darum passe Strich zu Strich so genau, als habe eine Hand beide geführt. So schön wie heute war es ihnen kaum je geglückt.

Als sie im besten Zuge waren, schlich Christine horchend ans Schlüsselloch; deuchte es ihr doch, sie habe draußen Tritte gehört.

Jetzt kam der Schluß des Duetts, so zart, so rein! Als die letzten Töne sich verhauchten, mußten alle drei unwillkürlich den Atem einhalten. Da klatschte es laut vor der Türe; eine gellende Stimme rief: »Bravo! Bravo!« und die Klinke ward zum Öffnen niedergedrückt. Der Stadtpfeifer legte ärgerlich seine Geige weg und schloß auf.

Ein Bursche, der höchstens zwanzig Jahre zählen mochte, trat ein. »Das war prächtig gezeigt!« rief er, »da bin ich also am rechten Orte. – Guten Abend, Meister Stadtpfeifer!«

Der Angeredete dankte nicht sehr freundlich auf den übermütig gebotenen Gruß und hob die Lampe in die Höhe, um den Fremden etwas näher zu beleuchten. Der junge Mann sah fast verdächtig aus. Die Kleider, obgleich von vornehmem Schnitt, waren stark abgetragen, und das jugendliche Gesicht zeigte die etwas verlebten Züge eines ausschweifenden Jünglings.

»Ich bin Franz Anton Neubauer, der Böhme«, sprach der ungebetene Gast in stark österreichischem Akzent, »Eure Freunde im Kloster Arnstein lassen Euch grüßen und empfehlen mich Eurer Gastfreundschaft.« Drauf tat er, ungeheißen, ganz wie zu Hause, legte Stock und Hut ab und setzte sich nieder.

Frau Christine zog ein schief Gesicht und zupfte ihren Heinrich am Rocke; der aber besann sich kurz, schüttelte dem Fremden die Hand und sprach: »Um meiner Freunde willen sollt Ihr mir auf eine Stunde Rast willkommen sein, zumal wenn Ihr, wie ich denke, ein Musiker seid.«

»Ei!« sagte Neubauer, »das solltet Ihr wohl wissen. Bin ich gleich noch jung, so kennt man meine Sinfonien und Quartette doch schon von Wien bis Paris, und wo meine Musik nicht bekannt ist, da ist es wenigstens meine Person. Seht, ich durchziehe bereits seit zwei Jahren alle kleinen Ländchen, namentlich die geistlichen Herrschaften, und wo ich immer eine musikalische Seele finde, da kehre ich ein: am liebsten in Klöstern, bei Domherren oder auch bei gewöhnlichen Weltgeistlichen. Lutherische Pfaffen meide ich, die haben meist viele Kinder und wenig Wein. Überall zahle ich nur mit Musik. Bei einem unmusikalischen Menschen einzukehren, das wäre schamlose Bettelei; aber ich denke, ein frisch komponiertes Menuett ist schon Zahlung genug für ein Nachtquartier; für ein Klaviersolo kann man schon ein Mittagessen annehmen, und für eine neue Messe müssen mir die Mönche des fettesten Klosters mindestens auf einen Monat freie Zehrung, freien Trunk und Quartier geben. So reise ich schon zwei Jahre durch aller Herren Länder; wer will mir das nachmachen? Bei uns in Böhmen hat man ein Familiensprichwort: Er ist ein Neubauer, werft ihn mitten in die Moldau, und wenn er auch nicht schwimmen kann, er wird doch nicht ersaufen. Das Wort habe ich mir gemerkt, wenn ich toll in jeden Strudel springe, denn ich weiß ja doch, daß ich nicht ersaufen werde.«

Dem Stadtpfeifer schien es allmählich fast lustig, dem Burschen zuzuhören, dessen Zunge so vortrefflich eingeölt war, daß sie, einmal in Bewegung gesetzt, kaum wieder stille stand. Mit vergnügtem Lächeln lauschte er zuletzt dem jungen Maestro, der in Wien zu Joseph Haydns Füßen gesessen, und dessen wild geniale Sinfonien man bereits in Paris aufführte und druckte. Neubauer hatte nicht zu viel von sich gesagt. Den vierzigjährigen Stadtpfeifer durchzuckte bei den Erzählungen des zwanzigjährigen Abenteurers, der mit seinem Talent so vermessen spielte, noch einmal das alte Gelüsten, aus der Verpuppung der Stadtpfeiferei mit Gewalt plötzlich als ein berühmter Musiker hervorzubrechen. Doch als er aufblickte und in einem Stückchen Spiegelscherbe, welches Christine, in Ermangelung eines ganzen Spiegels, (gerade seinem Sitze gegenüber) an der Wand befestigt hatte, sein bereits leise ergrauendes Haar schaute, schämte er sich, und ging dann höchst resigniert ins Nebenstübchen, um mit den Kindern das Abendgebet zu sprechen.

Auch Frau Christine wurde etwas milder gestimmt gegen den Fremden. Sie hielt zwar seine sämtlichen Historien für erlogen, aber für gut erlogen. Der Mann schien es ihr zu einer solchen Tüchtigkeit im Lügen gebracht zu haben, daß sie zuletzt einen gewissen Respekt vor ihm bekam.

»Seht«, sprach er zu dem Ehepaar, als der Stadtpfeifer wieder zurückkam, »dort liegt ein großer Stoß Noten; wir setzen ihn auf die Erde; er ist mein Kopfkissen, und weiter brauche ich nichts für die Nacht. Ich wickle mich in meinen weitschößigen Rock, empfehle meine Seele dem heiligen Franziskus und dem heiligen Antonius und schlafe heute auf dem Fußboden so gut, wie gestern im weichen Klosterbett. Wer müd' ist, ruht auch auf einem Misthaufen sanft. Ich hätte wohl zu einem der Hofmusiker gehen können, allein ich mag es nicht. Im Vertrauen, Freund, ich komme hierher mit guten Empfehlungen als Bewerber um die erledigte Hofkapellmeisterstelle (Lüg' du dem Teufel ein Ohr ab! dachte Frau Christine im stillen Sinn) – und da müßten meine Leute doch vorweg den Respekt vor mir verlieren, wenn ich in diesem Aufzuge bei einem von ihnen einsprechen würde. Stadtpfeifer, ich werfe mich in deine Arme. Ich fragte gestern im Kloster Arnstein die ehrwürdigen Brüder: Wer ist unter allen musikalischen Männern Weilburgs der geradeste, zuverlässigste, neidloseste? Da erwiderte der witzige Pater Placidus: ›Der zum Höchsten gesetzt ist unter den Musikern der Stadt, der Stadtpfeifer oben auf dem Schloßturm.‹ Darauf beschloß ich, bei Euch Quartier zu nehmen, Euch mich anzuvertrauen. Mir fehlt das Kleid, das den Mann macht. Stadtpfeifer, Ihr müßt mir morgen früh Euern Staatsrock leihen, denn ich muß mich alsbald dem Fürsten vorstellen lassen.«

»Was? den ziegelroten Rock, den die ganze Stadt kennt?« rief Christine starr vor Staunen.

»Richtig, den ziegelroten Rock meine ich«, fuhr Neubauer kaltblütig fort. »Doch das wollen wir morgen früh weiter besprechen beim Kaffee oder – ich sehe es der Hausfrau an – Ihr seid noch von der alten Mode – bei der Milchsuppe.«

Der Stadtpfeifer saß wie verzaubert. Gegenüber diesem tollen Übermut voll genialer Blitze fühlte er sich recht als ein Philister, und da ihm Neubauer gar erzählte, daß er meist im Walde, auf der Gasse, wohl gar in der Gosse, am allerliebsten aber im Wirtshause komponiere – betrunken oder nüchtern, gleichviel –, da hätte er weinen mögen über sein ehrliches, ängstliches, erfolgloses Mühen hier oben auf der Turmstube.

»Ich habe nie ausführen können, was mir vorgeschwebt«, bekannte er mit rührender Offenherzigkeit, »und so sehr mich das Mittelmäßige ärgert, bin ich doch immer ein mittelmäßiger Mensch geblieben. Für mich ist mein Leben lang nur einmal etwas vom Himmel gefallen, und das war ein kleiner Bube und ein Laib Brot, die ich auf der Straße fand. Dort steht der Kleine – er ist jetzt lang wie eine Hopfenstange – und putzt seine Geige ab. Das ist das einzige, was mir je gelungen, daß ich ihn zu einem tüchtigen Geiger gemacht. Ich habe also doch etwas mehr als Mittelmäßiges vollbracht aus Erden, darum werde ich in dem Buben meinen Frieden finden.«

»Es ist wahr«, sagte Neubauer selbstgenügsam, »der Junge ist von gutem Korn und gut geschult; aber er muß hinaus in die Welt, nach Wien, nach Italien, damit er den Gesang lerne und Eleganz und Feinheit des Satzes, und in alle Geheimnisse der Kunst eingeweiht werde von den größten Meistern selber.«

»Das war längst mein höchster Wunsch«, erwiderte der Stadtpfeifer, »aber« – –

»Ich weiß, was weiter kommt. Ihr habt keine Gönner, kein Geld. Wartet einmal; ich will mir die Sache hintere Ohr schreiben – bei Gott« – und Neubauers Augen leuchteten auf – »der Bube verdient's! Denkt an Franz Anton Neubauer und heißt ihn einen Schuft, wenn ich Eurem Friedrich nicht den Weg nach Wien auftue. Zu Joseph Haydn mußt du gehen, Friedrich, dem König der deutschen Meister. Da lernt man Sinfonien schreiben! Denkt an mich, Stadtpfeifer: ein Mann, ein Wort!«

Frau Christine flüsterte ihrem Mann zu: »Laß dich von dem Prahler erheitern, aber glaub' ihm ja keine Silbe. Indes will ich ihm doch einen Strohsack auf den Boden legen, weil er sich heute abend so müdegelogen hat.«

»Nur ein gereister Musikus ist fertig, die andern sind alle bloß halb gargekocht«, fuhr Neubauer fort. »Wißt Ihr auch, daß ich vorigen Monat in Bückeburg war, und den Konzertmeister Bach, der gleich der meisten übrigen Bachischen Sippschaft niemals aus dem Nest geflogen ist, auf drei frei zu phantasierende Fugen herausgefordert habe?«

»Nein! das tatet Ihr nicht!« rief der Stadtpfeifer entschieden. »Denn mit dem nehmen's in den Fugen nur noch seine Brüder auf, seit der Alte in Leipzig gestorben ist.«

»Sehr richtig. Ich habe auch Böcke über Böcke gemacht, und der gelehrte Herr spielte verzweifelt gründlich und hölzern. Denn niemals ist er weitergekommen in der Weit als von Leipzig über Eisenach nach Bückeburg; nie hat er eine welsche Primadonna karessiert, um die Feinheiten des Gesanges zu ergründen. Er spielte verzweifelt gründlich, aber meine falsch gebauten Fugen waren doch ergötzlicher, und die feinsten Herren klatschten mir Beifall. Das Publikum entscheidet; das dumme Publikum gibt mir Essen, Trinken, Kleidung, Aufmunterung für die schlechteste Musik; von den klugen Kennern hat mir noch keiner ein Glas Wein oder eine Wurst für die beste gegeben. Übrigens habe ich mir nur einen Spaß mit dem berühmten Fugenfresser machen wollen.«

»Das war bübisch, das war frevelhaft«, strafte der Stadtpfeifer eifrig. »Wußtet Ihr auch, daß dieser Bach nicht bloß ein ehrwürdiger Meister, sondern zugleich der harmloseste, gutmütigste Mensch ist?«

»Ganz gewiß. Wäre er nicht so gutmütig, so hätte er mich von seiner Orgel heruntergeprügelt. Aber ein ungereister Musiker ist er doch, und das wollte ich ihm zeigen. Gebt Ihr immerhin dem Alter seine Ehrwürdigkeit; ich will nur, daß man der Jugend auch ihren Mutwillen gönne.«

»Narren sind auch Leut'«, sprach der Stadtpfeifer, sich entrüstet abwendend.

»Und Ihr seid nicht der erste, der mich einen Narren nennt«, fügte der junge Landstreicher hinzu mit selbstgenügsamem Lächeln.

4.

Es kam zu jener Zeit an jedem Sonntage ein Kapuziner von Wetzlar nach Weilburg, um den wenigen Katholiken des streng protestantischen Städtchens privatim die Messe zu lesen. Es war eine ehrliche Haut; auch die Protestanten hatten den gemütlichen Kuttenmann gern; vor allem aber liefen ihm die Kinder scharenweise nach, War er bei Laune, dann konnte er stundenlang Anekdoten und Schnurren an einer Schnur erzählen, die in seiner niederrheinischen Mundart vorgetragen, den Weilburgern doppelt possierlich klangen. So ward er zuletzt fast in allen Häusern bekannt und suchte sein Mahl bei Gastfreunden aller Art, bei Ketzern wie bei Rechtgläubigen. Selbst auf den Schloßturm verirrte er sich mitunter; denn er kannte den Stadtpfeifer von den Jahren her, wo derselbe den Weg nach Wetzlar zweimal in der Woche nicht gescheut hatte, um das gefundene Kind großziehen zu können.

Am späten Nachmittage nach dem mit Neubauer so heiter verschwatzten Abend, trat der Kapuziner wieder einmal in die Turmstube, grüßte freundlich und schaute sich neugierig nach dem Stadtpfeifer um, der in Hemdärmeln am Fenster saß, im Gesangbuch lesend.

»Man hat Euch heute gar nicht in der Stadt gesehen, Kullmann«, sprach der Kapuziner lächelnd. »Ich dachte schon, Ihr seiet krank. Da hörte ich, daß wenigstens Euer ziegelroter Rock in der Stadt umherspaziere und großes Aufsehen mache, und schloß nun, es möge Euch wohl gehen wie Epaminondas, der auch zu Hause bleiben mußte, wenn er seinen Sonntagsrock einem fahrenden Musikanten gepumpt hatte; denn er besaß nur einen einzigen, wie Ihr und ich.«

Der Stadtpfeifer erschrak über die mögliche Entweihung seines Rockes, und der Kapuziner war sogleich bereit zu erzählen, was er gehört.

»Einen schönen Lärm gab's vor einer Stunde im ›Goldenen Löwen‹, als Neubauer in Eurem stadtbekannten ziegelroten Rock den Wein spürte. Zuletzt fing er gar Händel an mit einem seltsam kleinen fremden Schneider, der ruhig seinen Schoppen trank, und da der Beleidigte ihm seine Grobheiten zurückgab, faßte der berühmte Maestro den Schneider beim Kragen, hängte ihn mit der Schlinge des Rockes an einen großen Haken neben der Tür und drosch dann mit einem Selterser-Wasserkruge auf das Schneiderlein los, bis der Henkel abbrach und der Krug in Scherben auf den Boden fiel. Die Zuschauer lachten über dieses Bild, daß sie hätten bersten mögen. Ich hörte im Vorbeiziehen den Jubel, da wagte ich mich auf den Flur des Wirtshauses, um zu hören, was es gäbe und« –

»Und solch einen Gesellen hast du deinen ziegelroten Sonntagsrock anziehen lassen, Heinrich!« fiel Frau Christine ein.

»Der Rock macht's allein nicht aus, obgleich der ziegelrote, mein Hochzeitsrock, seit achtzehn Jahren immer ein wahrer Ehrenrock gewesen ist«, erwiderte gelassen der Stadtpfeifer. »Aber nun will ich auch nicht mehr glauben, daß dieser Patron meinem Friedrich den Weg nach Wien auftun kann. Was war ich für ein Tor, daß ich eine Weile den Lügen und Prahlereien des liederlichen Buben traute!«

»Wovon redet Ihr?« fragte der Kapuziner neugierig, und der Stadtpfeifer erzählte ihm, wie Neubauer versprochen habe, seinem Friedrich zu einer Gönnerschaft zu verhelfen, daß derselbe nach Wien gehen und dort Schule machen könne.

Der Kapuziner zog ein ernsthaftes Gesicht, strich sich den langen Bart und sprach mit Gravität: »Herr Stadtpfeifer, Leute, denen man's nicht zutraut, können uns auch wohl empfehlen, daß es durchgreift, und es ist schon mancher bei Hofe weiter gekommen durch die Protektion der Kammerjungfer als durch die Protektion der Fürstin. Ich will Euch etwas erzählen. Vor ungefähr zehn Jahren war ein junger Maler in Köln, der hatte viel gelernt und wollte nach Paris gehen, um sich dort ein großes Stück Geld zu verdienen. Vier Wochen lang läuft er bei allen Baronen und Prälaten umher und bettelt sich ein ganzes Ledersäcklein voll Empfehlungsbriefe zusammen, und die zeigt er jedermann und spricht: ›Seht, wer fortkommen will, der muß hohe Empfehlungen haben.‹ – Wie er nun eines Tages an der Martinskirche vorübergeht, da ruft ihm der Fuhrmann Müller aus seinem Häuschen zu: ›Herr Gevatter, Ihr wollt nach Paris gehen?‹ – ›Ei freilich, soll ich Ihm etwas ausrichten?‹ – ›Nein! Aber Ihr werdet Empfehlungen brauchen; ich will

Euch einen Brief mitgeben. Sprecht morgen bei mir vor, bis dahin soll er fertig sein.‹ – Der Maler versprach's und lachte. Ein Frachtfuhrmann wird auch die rechten Verbindungen in Paris haben! – Nach drei Wochen führte ihn ein Zufall wieder an der Martinskirche vorbei; der Fuhrmann stand vor der Haustür und schirrte sein Pferd an. – ›Herr Gevatter! Ihr habt ja Euren Empfehlungsbrief nicht abgeholt! Wartet ein Weilchen, ich bringe ihn gleich herunter.‹ – Und ob der Maler wollte oder nicht, er mußte das Schreiben nehmen und steckte es unbesehen in die Tasche.

In Paris erging's ihm wunderlich. Für sein Ledersäcklein voll Briefe sagten ihm die vornehmen Pariser mehr Artigkeiten in einer Woche, als die Kölner in fünf Jahren, aber Arbeit wollte ihm kein Mensch verschaffen. Als ein Monat um war, hatte er all sein Geld verzehrt, und er durchsuchte eben den Koffer, ob nicht ein paar Heller unter die schwarze Wäsche geraten seien: da sieht er ganz unten den Brief des Fuhrmanns Müller aus einem zerrissenen Strumpf hervorgucken. Zum ersten Male kommt ihm die Neugierde, die Adresse zu lesen. Der Brief war gerichtet an den ersten Kammerdiener des Königs. Gleich läuft der Maler ins Schloß; der Kammerdiener ist nicht zu sprechen, er liest eben Sr. Majestät die Zeitung vor. Aber seine Frau ist zu Hause. Statt auf französisch begrüßt sie den Überbringer des Briefes auf kölnisch. Sie ist ja die Tochter des Fuhrmanns Müller. Sie schilt den Maler, daß er den Brief so spät abgebe. Heiliger Antonius, wie hätte der es ahnen sollen, daß eines Kölner Frachtfuhrmanns Kind auch einmal einen königlichen Kammerdiener in Paris heiraten kann! Als der Kammerdiener heimkommt, freut er sich mit seiner Frau über den kölnischen Landsmann, und nun geht's Schlag auf Schlag. Binnen acht Tagen sitzt die Majestät dem deutschen Maler; das Bild gelingt, Prinzen und Herzoge wollen von ihm gemalt sein, der Mann wird Mode in Paris, und als er nach drei Jahren wieder gegen den Rhein zog, da war das Ledersäcklein, worin die Empfehlungsbriefe gewesen, mit Louisdors gefüllt – alles durch die Protektion des Frachtfuhrmanns hinter der Martinskirche.«

Der Kapuziner hatte kaum das letzte Wort gesprochen, so klopfte es an die Türe. »Herein!«

Der Stadtpfeifer stand wie vom Schlage gerührt: der Fürst selber war es, der eintrat, und hinter ihm Neubauer, so nüchtern wie möglich, im ziegelroten Sonntagsrock.

»Ich muß unsern Schützenkönig einmal in seiner hohen Residenz besuchen«, rief der Fürst, dem Stadtpfeifer herzlich die Hand schüttelnd. »Daß Er im Schießen ein Wundertäter, habe ich ehvorgestern gesehen; nun erzählt mir mein neuer Hofkapellmeister Neubauer« – Frau Christine machte gewaltig große Augen bei diesem Wort –, »daß Er und sein Friedrich auch in der Musik wahre Wundermenschen seiet, daß ihr, gleichsam als musikalisches Zwillingspaar Duette geigtet, wie man sie in Wien nicht hören könne. Er nannte euch beide die größte Merkwürdigkeit, die gegenwärtig in Weilburg existiere. So bin ich denn alsbald auf Euren Turm gestiegen, damit man mir nicht nachsage, ich suche das Schönste in der Ferne, während ich es doch in meinem eigenen Schlosse habe.«

Der Stadtpfeifer stand regungslos wie ein Türpfosten während dieser Anrede – er war ja in Hemdärmeln! Außer dem Staatsrock, worin der neue Hofkapellmeister prangte, besaß er nur noch ein ganzes und ein zerrissenes Kamisol, beide für die Werktage bestimmt, und ein Kamisol konnte er doch nicht eigens zu Ehren des fürstlichen Besuches anziehen!

Christine hatte schon zweimal Neubauer am Ärmel gezupft, ihn bittend und beschwörend, daß er in die Seitenkammer gehen und ihrem Mann den roten Rock ausliefern möge. Vergebens! Er blieb taub!

Der Fürst ließ Friedrich herbeirufen und unterhielt sich eine Weile freundlich mit dem Jungen. »Nun zu den Geigen!« rief er dann mit erhobener Stimme. »Ich möchte auch eines von den schönen Duetten hören, Stadtpfeifer, und bitte meines Vetters, des Herrn Schützenkönigs Liebden, mit rechtem empressement um diese Gunst.'

Der Stadtpfeifer blieb regungslos und schweigend wie vorher und gab nur zuweilen durch tiefe Verbeugungen ein Lebenszeichen von sich. Während der Fürst mit Friedrich sprach, hatte er gegen Neubauer halblaut hinübergerufen: »Gebt mir meinen Rock! Hört! Meinen Rock! Den Rock, oder ich schlage Euch nachher Arme und Beine entzwei!«

Der Fürst blickte den versteinerten Stadtpfeifer staunend an. Da trat Neubauer mit zierlicher Verbeugung vor und sprach: »Ich erzählte Ew. Durchlaucht schon, daß mein Freund die Grille hat, nur bei verschlossener Tür zu geigen, daß er nur im Duett ein Meister ist, keineswegs aber, wenn er allein spielt. Ich vergaß noch eine andere Eigenheit. Er kann nur in Hemdärmeln so vortrefflich spielen; sobald er den Rock anzieht, wird die Geigenhaltung unsicher, der Bogenstrich steif. Ich bitte darum meinen gnädigsten Herrn in meines Freundes Namen, ihm für die Ablegung der ersten Probe seiner Kunst vor einem so hohen Kenner zu dem übrigen auch noch die Hemdärmel nachzusehen.«

Der Fürst lachte herzlich. »Die Bitte ist gewährt! Was doch so einem Musiker für Ratten durch den Kopf laufen! Aber flugs zu den Geigen! Stadtpfeifer, ich verlange viel von einem Duett in Hemdärmeln!«

Als nun Vater und Sohn ihre Instrumente richteten, war es seltsam zu sehen, wie gewandt, fein und doch so bescheiden Friedrich sich zu benehmen wußte, während der Alte so hölzern war, als seien die Hemdärmel eine Eisenrüstung, und vor dem Fürsten scheu die Augen niederschlug, dem neugebackenen Hofkapellmeister aber Blicke voll tödlicher Wut zuwarf. Frau Christine verlor ganz den Kopf über die Vermessenheit ihres Mannes, Duett vor den durchlauchtigen Ohren des Fürsten und den kritischen Neubauers zu spielen. Der Kapuziner hatte sich auf ihre Bitte davongeschlichen, um unten im Schlosse beim Küchenmeister einen Rock zu borgen.

Das Duett klang anfangs etwas rauh und steif. Der Stadtpfeifer gedachte noch mehr der Hemdärmel als der Musik. Doch, da er dem Sohne wieder Aug' in Auge sah, schwanden ihm diese Gedanken. Es klang allmählich wie sonst; die Zuhörer waren vergessen. Friedrich blickte voll kindlicher Unbefangenheit aufwärts; der Alte sah herab mit Blicken, die so hell glänzten, daß man nicht wußte, ob vor Tränen oder vor Freude. Ja, das war ein Duett! Es war das allerschönste, welches jemals in der Pfeiferstube gegeigt worden ist. Wer's nur auch mit angehört hätte! Zuerst mußte der Stadtpfeifer die Hemdärmel vergessen; jetzt sah aber auch der Fürst die Hemdärmel nicht mehr. Die Wände hallten wider von dem lauten Lobe;

doch diejenigen, denen es galt, hörten es kaum, so tief waren sie ergriffen von dem eigenen Spiel.

»Hört«, sprach der Fürst und faßte den Stadtpfeifer bei der Hand. »Euer Sohn muß nach Wien, nach Italien, daß er ein ganzer Meister wird. Rüste Er allmählich seine Abreise. Was zur Ausstattung fehlt, lasse Er bei mir fordern; die Reise- und Lehrkosten bezahle ich, und nach der Rückkehr wird sich ja wohl ein Platz in Unserer Hofkapelle für den jungen Hexenmeister finden.«

Der Stadtpfeifer hieß den Pflegesohn fortgehen, legte seine Geige nieder und sprach. »Ich würde in Freuden Dank sagen meinem gnädigsten Herrn, wenn mir die Tränen nicht zu nahe stünden. Ich glaube, heute hab' ich zum letzten Male gegeigt. Sehen Ew. Durchlaucht, ich bin eigentlich ein schlechter Musikant. Immer habe ich mich geplagt und konnte doch nichts zuwege bringen. Da ist mir dieser Bube vom Himmel herabgeschickt worden. Oft habe ich bei mir gedacht, ob Friedrich nicht mehr sei als ein bloßes Findelkind, so ein – wie soll ich sagen? – cherubimischer Genius der Musik, der einmal menschlicherweise hier unten geigen wollte, statt droben im Konzert der Engel die Harfe zu spielen. Dann wies ich aber meine Gedanken allezeit streng zurecht und sprach zu mir: Kullmann, sei nicht närrisch! Allein, wenn mir der liebe Gott am selben Abend das Geld für einen Laib Brot auf die Straße legte, warum soll er nicht auch eigens dieses Kind für mich dorthin gelegt haben, damit ich bei ihm ein Brot der Erquickung für meinen inwendigen Menschen fände? Als ich den Buben um Gottes willen aufzog, da ward ich inne, daß mir's wenigstens gegeben sei, in einem andern zu erwecken, was ich so deutlich in mir fühlte und doch nicht von mir geben konnte. Oh, wie tröstete mich das! Ich weiß nicht, war es ein Wunder oder hat es natürlich so sein müssen – nur mit Friedrich konnte ich meisterhaft spielen und bis daher auch nur insgeheim mit ihm. Es ist uns oft recht elend gegangen, gnädigster Herr, aber es ist doch kein Mensch in ganz Weilburg so glücklich gewesen wie wir armen Leute hier oben auf dem Turm, wenn ich mit Friedrich Duett geigte. Das ist nun aus und vorbei. Jawohl, Friedrich muß hinaus. Wie sollen wir Ew. Fürstlichen Gnaden dafür danken? Aber mit ihm zieht das beste Stück von mir fort. Und wer weiß, ob ich je wieder der ganze Stadtpfeifer sein werde, der ich gestern noch gewesen bin!«

»Ich will Ihm ja Seinen Friedrich nicht nehmen«, tröstete der Fürst tief ergriffen. »Er wird wiederkommen als vollendeter Meister, und Ihr werdet dann nicht bloß der ganze, sondern ein verdoppelter Stadtpfeifer sein.«

»Und doch ist mir's, als hätt' ich heute zum letzten Male gegeigt«, sprach Heinrich Kullmann leise vor sich hin, indes der Fürst dem lauten Dank sich entzog, für den jetzt Frau Christine Worte fand, und die Wendeltreppe hinabstieg.

Neubauer blieb noch einen Augenblick zurück. »Unglücklicher Mann«, rief er dem Stadtpfeifer zu, »warum habt Ihr meinen alten Reiserock, der nebenan in der Kammer hängt, nicht angezogen? Wäret Ihr nicht in den Hemdärmeln geblieben, so hätte Euch der Fürst hier auf der Stelle zum Hofmusiker ernannt: es war alles schon abgeredet!«

Der Stadtpfeifer trat gelassen näher, befühlte das Tuch seines eigenen ziegelroten Rockes und sprach: »Das Kleid sitzt Euch wie angegossen. Seht, Ihr seid gleich an den rechten Mann gekommen, in ganz Weilburg ist vielleicht kein zweiter, dessen Rock Euch so schön gepaßt hätte; ich bin dagegen ein Unglücksvogel, und wo mir endlich einmal der Hirsebrei fürstlicher Gnade geradezu vor dem Mund niederregnet, habe ich keine Schüssel, um ihn aufzufangen.«

Neubauer eilte dem Fürsten nach. In dem Augenblick, da er die Stube verließ, trat der Kapuziner atemlos zur andern Tür herein, den Rock des Küchenmeisters auf dem Arm.

»Zu spät!« rief der Stadtpfeifer und warf sich todesmüd auf einen Stuhl.

»Zu spät?« wiederholte der Kapuziner. »Dann will ich ungesäumt in den ›Goldenen Löwen‹ gehen, um zu erkunden, wie es Neubauer angefangen, daß er innerhalb einer Stunde ganz besoffen den Schneider mit dem Kruge prügelt und dann wieder fast wie nüchtern dem Fürsten aufwartet, so gewandt, als sei er auf dem Parkettboden zur Welt gekommen. Dieser Neubauer ist ein Mann, den man bewundern und studieren muß!«

In wenigen Tagen trat Friedrich die Reise nach Wien an.

Nun ward es still in der Turmstube. Der Stadtpfeifer blies nur noch im Dienste und im Geschäft. Die Geige hing im Schrank; Kullmann wollte sie nicht anrühren, bis er wieder mit Friedrich Duett spielen könne. Nur wenn zuzeiten ein Brief aus Wien kam mit erwünschter Nachricht über des Sohnes Wohlbefinden, ja wohl gar mit einem beigeschlossenen eigenhändigen Schreiben Joseph Haydns – dem Stadtpfeifer zitterte allemal die Hand, wenn er das Siegel des vergötterten Meisters erbrach – über Friedrichs unerhörte Fortschritte, nur dann ging er langsam zum Schrank und schaute sich die Geige vergnügt wehmütig an; aber um keinen Preis würde er einen Strich darauf getan haben.

So verging ein halbes Jahr gar stille, und es war Winter geworden. Kapellmeister Neubauer hatte sich festgesetzt bei Hofe und die ganze Hofkapelle umgewälzt. Doch der Erfolg sprach für seine kecken Neuerungen. Minderen Beifall fand es, daß er allwöchentlich bald vor diesem, bald vor jenem Wirtshause um Mitternacht selber in bedenklichen Umwälzungen gefunden und vom mitleidigen Nachtwächter heimgetragen wurde.

Nach Neujahr kam eines Morgens der Kalikant der Hofkapelle auf den Turm und übergab dem Stadtpfeifer ein dickes Paket. Neubauer war ausdauernd gewesen in seiner Dankbarkeit von wegen des ziegelroten Rockes; er hatte nicht geruht beim Fürsten, bis er allmählich dessen Abneigung gegen den allzu grillenhaften Stadtpfeifer besiegte. Das Paket enthielt ein Anstellungsdekret als Hofmusikus für Heinrich Kullmann. An den Rand hatte jedoch der Fürst die eigenhändige Bemerkung geschrieben:

»Notabene: Im Hofkonzert wird nicht in Hemdärmeln gegeigt.«

Heinrich und Christine feierten einen Tag stiller Freude. Zum Jubeltag wollte derselbe nicht werden, denn es war dem Ehepaar fast wehmütig, die altgewohnte Turmstube zu verlassen, wo sie so viel Leids und Liebes einträchtig zusammen erlebt.

Gegen Abend ging der Stadtpfeifer zu Neubauer, um ihm zu danken. Er fand den jungen Wüstling in auffallend ernster, weicher Stimmung. Als er ihm seinen Dank aussprechen und seine Freude über das unverhoffte Glück bekunden wollte, unterbrach ihn Neubauer. »Seid stille, Meister! Was ist alles Menschenwerk und Menschenhoffen! Wir sind wie Gras auf den Wiesen, das am Morgen noch stolz stehet und am Abend abgemäht ist – ich weiß nicht mehr genau wie der Spruch heißt, aber er klingt ungefähr so. Und daß ich's kurz sage – denn Ihr seid ja ein Mann, und ich bin kein Pastor –, heute früh habt Ihr einen Brief mit rotem Siegel erhalten; hier ist einer für Euch mit schwarzem – Morgenrot; trüber Abend –, lest ihn selber.«

Der Brief enthielt die Nachricht von Friedrichs Tode. Sein schwacher Körper hatte das Übermaß des Studierens, dem er sich hingab, nicht aushalten können. »Der Tod will seine Ursach' haben«, bemerkte Neubauer zu dieser Stelle, die sie beide nicht ganz fassen konnten, und der Stadtpfeifer fügte hinzu: »So oder so: ich habe es voraus gewußt, daß ich mein Kind nicht wiedersehen würde.«

In den ersten Tagen der Trauer saß Kullmann oft stundenlang im dunkelsten Winkel der Stube, blickte auf den Boden und faltete die Hände über dem Knie. Und als die Frau ihm freundlich zuredete in dieser Trübsal, sprach er: »Weib, tröste mich nicht. Jetzt bin ich mehr als Hoftrompeter, ich bin wirklicher Hofmusikus und habe satt zu essen; o wäre ich wieder Stadtpfeifer und wir blieben hier auf dem Turm und wären hungrig und – hätten unsern Friedrich wieder! Ach, es war mir immer im Gemüte, daß der Junge zu gut und zu zart sei für diese Welt!« Dann aber richtete er sich plötzlich hoch, reichte der Frau die Hand und vollendete in männlicher Fassung: »Wir wollen dennoch nicht verzagen. Der Haussegen, den uns Gott gegeben, weil wir uns dieses Kindes erbarmt, wird nicht von uns genommen sein. Schicke mir unsere drei Kinder herein, daß ich mit ihnen spiele und ihnen von Friedrich erzähle. Wer Trost sucht, der findet Trost.«

Der neue Hofmusiker zog vom Turm in eine Stadtwohnung, und jener Haussegen zog mit ihm, und bald war auch die stille Zufriedenheit des Pfeiferstübchens wieder heimisch geworden in dem neuen Quartier. Ein sonniges Alter war den Eheleuten nach so viel rauhen Jahren bereitet. Christine gedachte jetzt manchmal des Wirtes zu Beilstein, der ihr auf der Hochzeitsreise das Behagen des Sonnenscheins gepriesen, als sie Sturm und Regen so lustig gefunden hatte. Jetzt war sie zu des Wirtes Ansicht bekehrt.

Der Sonntagskuchen des elterlichen Hauses in Ebersbach tauchte nach mehr als achtzehnjähriger Pause mit einem Male wieder auf; zuerst kam er klein wie das erste Mondviertel auf den Tisch, dann größer, gleich dem Vollmond, dann gewaltig wie ein Mühlstein. Der Pater Kapuziner witterte den Kuchen, zu dem Frau Christine an Sonntagnachmittagen sogar ausnahmsweise einen Kaffee spendete, und ward nun ein Stammgast in Kullmanns Hause. Sowie noch ein dritter anwesend war, erzählte er dann mit großem Humor und alljährlich sich mehrenden sagenhaften Ausschmückungen die Geschichte von dem Konzert in Hemdärmeln. Als Neubauer schon längst sich zu Tode getrunken, ward seiner dabei immer noch dankend gedacht.

Heinrich Kullmann rührte keine Geige mehr an. In der Kapelle blies er die Hoboe. Als er Hofmusikus ward, hatte er sich jedoch vorbehalten, an besonderen Festtagen auf dem Turme den Choral mitblasen, ja ihn dann selber auswählen zu dürfen. Erst da die Stadtpfeiferei ein Ende nahm, fühlte er, wie sehr sie ihm ans Herz gewachsen war. So blieb er denn oben auf Weihnachten, Neujahr, Ostern und Pfingsten, und die Bürger merkten's gleich an dem vollen, feierlichen Klang, daß der alte Heinrich Kullmann wieder auf dem Turme stehe. Außer jenen Kirchenfesten hatte er sich aber auch noch für einen persönlichen Festtag die erste Posaune ausbedungen. Es war dies der 14. Juli, sein Hochzeitstag. Da überdachte er wohl in dämmernder Frühe beim Aufstehen die wunderbare Führung, mit der ihn Gott durch Leid zu Freud' gebracht, und freute sich des Segens, der nicht von seinem Hause gewichen war, obgleich er dasselbe in Leichtsinn gegründet, dann aber in Mut und Gottvertrauen gestützt und gefestigt hatte. Zweierlei war es, was ihm nach seiner Meinung diesen Segen beschert: daß er nicht bloß das Brot vom Wege aufgehoben, sondern mit dem Brote auch das Kind, und dann, daß er in dem Bauernmädchen von Ebersbach ein so unübertreffliches Weib gefunden. Was er von seinem verstorbenen Friedrich zu sagen pflegte, das sagten die Leute auch wohl von ihm: er sei fast zu gut für diese Welt und zu zart, und fügten dann hinzu: ein Glück, daß er eine so gestrenge, heftige Frau hat.

Mit frommen Gedanken, mit schmerzlich süßen Erinnerungen bestieg der ehemalige Stadtpfeifer am 14. Juli den Schloßturm. Dann aber stieß er oben so mächtig in seine Tenorposaune, daß es widerhallte von den Felswänden des engen Talkessels, und wie er die Töne aushielt, anschwellen und verklingen ließ, so machte es ihm keiner nach, ja er selbst konnte an keinem andern Tage blasen wie an diesem. Denn es schallte nicht bloß die Posaune, daß sie den rechten Ton gab, sondern der Stadtpfeifer sang auch inwendig bei sich den rechten Text mit, und es klang in ihm wie ein ganzer voller Chorgesang, wie ein Tedeum nach gewonnener Schlacht, wenn sie selb viere zu blasen anhuben:

>*»Nun danket alle Gott*
Mit Herzen, Mund und Händen,
Der große Dinge tut
An uns und allen Enden;
Der uns von Mutterleib und Kindesbeinen an
Unzählig viel zu gut und noch jetzund getan.«

Traten die Bläser ans gegenüberstehende Fenster, um den Choral zu wiederholen, dann schmetterte der Alte noch gewaltiger drein, denn er schaute nun hinunter auf sein Haus und sang im stillen den zweiten Vers des Liedes, und dieser lautete, als habe ihn Martin Rinckart ganz besonders gedichtet für unsern Heinrich Kullmann, den Stadtpfeifer von Weilburg:

>*»Der ewig reiche Gott*
Woll' uns bei unserm Leben
Ein immer fröhlich Herz
Und rechten Frieden geben
Und uns in seiner Gnad' erhalten fort und fort
Und uns aus aller Not erlösen hier und dort.«

Über tredition

Eigenes Buch veröffentlichen

tredition wurde 2006 in Hamburg gegründet und hat seither mehrere tausend Buchtitel veröffentlicht. Autoren veröffentlichen in wenigen leichten Schritten gedruckte Bücher, e-Books und audioBooks. tredition hat das Ziel, die beste und fairste Veröffentlichungsmöglichkeit für Autoren zu bieten.

tredition wurde mit der Erkenntnis gegründet, dass nur etwa jedes 200. bei Verlagen eingereichte Manuskript veröffentlicht wird. Dabei hat jedes Buch seinen Markt, also seine Leser. tredition sorgt dafür, dass für jedes Buch die Leserschaft auch erreicht wird.

Im einzigartigen Literatur-Netzwerk von tredition bieten zahlreiche Literatur-Partner (das sind Lektoren, Übersetzer, Hörbuchsprecher und Illustratoren) ihre Dienstleistung an, um Manuskripte zu verbessern oder die Vielfalt zu erhöhen. Autoren vereinbaren direkt mit den Literatur-Partnern die Konditionen ihrer Zusammenarbeit und partizipieren gemeinsam am Erfolg des Buches.

Das gesamte Verlagsprogramm von tredition ist bei allen stationären Buchhandlungen und Online-Buchhändlern wie z. B. Amazon erhältlich. e-Books stehen bei den führenden Online-Portalen (z. B. iBookstore von Apple oder Kindle von Amazon) zum Verkauf.

Einfach leicht ein Buch veröffentlichen: **www.tredition.de**

Eigene Buchreihe oder eigenen Verlag gründen

Seit 2009 bietet tredition sein Verlagskonzept auch als sogenanntes "White-Label" an. Das bedeutet, dass andere Unternehmen, Institutionen und Personen risikofrei und unkompliziert selbst zum Herausgeber von Büchern und Buchreihen unter eigener Marke werden können. tredition übernimmt dabei das komplette Herstellungs- und Distributionsrisiko.

Zahlreiche Zeitschriften-, Zeitungs- und Buchverlage, Universitäten, Forschungseinrichtungen u.v.m. nutzen diese Dienstleistung von tredition, um unter eigener Marke ohne Risiko Bücher zu verlegen.

Alle Informationen im Internet: **www.tredition.de/fuer-verlage**

tredition wurde mit mehreren Innovationspreisen ausgezeichnet, u. a. mit dem Webfuture Award und dem Innovationspreis der Buch Digitale.

tredition ist Mitglied im Börsenverein des Deutschen Buchhandels.

Dieses Werk elektronisch lesen

Dieses Werk ist Teil der Gutenberg-DE Edition DVD. Diese enthält das komplette Archiv des Projekt Gutenberg-DE. Die DVD ist im Internet erhältlich auf **http://gutenbergshop.abc.de**

Zeitfracht Medien GmbH
Ferdinand-Jühlke-Straße 7
99095 Erfurt, Deutschland
produktsicherheit@kolibri360.de